Fischer TaschenBibliothek

Weiß wie der Schnee, der draußen fällt, ist die kleine Katze, die am Weihnachtsabend erbärmlich maunzend bei Cleveland Amory eine Zuflucht findet. Wahrlich eine schöne Bescherung! Denn zum einen gebärdet sich dieses Katzentier höchst unabhängig und behauptet – einmal satt gefressen – mit Arroganz und Grazie seine Selbständigkeit. Zum anderen ist sein Herr, den es sich selbstbewusst ausgesucht hat, im Grunde seines Herzens ein »Hundemensch«. Doch das kleine Fellbündel verändert sein Leben vollständig …

In diesem hinreißenden Buch erzählt der Autor von persönlichen Erlebnissen mit seinem eigenwilligen Hausgenossen und berichtet auch allerlei Wissenwertes und Interessantes für jeden Katzenfreund.

Cleveland Amory (1917–1998), Amerikas Tierschützer Nr. 1, machte sich mit vielen spektakulären Rettungsaktionen (Seehunde, Wale, Wildpferde, Büffel) einen Namen. Amory studierte an der Havard University und veröffentlichte eine Reihe bekannter sozialhistorischer Sachbücher. Darüber hinaus arbeitete er auch als Journalist und Fernsehkritiker. Er gründete die Black Beauty Ranch in Texas für schutzbedürftige Tiere, die 2004 auch nach ihm benannt wurde. Dort findet sich auch ein Gedenkstein für ihn und seine ebenso berühmt gewordene Katze namens Eisbär.

Weitere Informationen, auch zu E-Book-Ausgaben, finden Sie bei www.fischerverlage.de

Cleveland Amory

Die Katze, die zur Weihnacht kam

Eine bezaubernd weise Geschichte um eine Katze im Besonderen – und um alle Katzen der Welt

Aus dem Englischen
von Christian Spiel

FISCHER TaschenBibliothek

MIX
Papier aus verantwortungsvollen Quellen
FSC® C083411
FSC
www.fsc.org

Erschienen bei FISCHER Taschenbuch
Frankfurt am Main, Oktober 2015

Die amerikanische Originalausgabe erschien unter dem Titel
›The Cat Who Came for Christmas‹
bei Little, Brown, New York

Umschlaggestaltung: hißmann, heilmann, hamburg
Umschlagabbildung: Silvio Neuendorf
Satz: Pinkuin Satz und Datentechnik, Berlin
Druck und Bindung: CPI books GmbH, Leck
Printed in Germany
ISBN 978-3-596-52094-7

Gewidmet der besten aller Katzen –
mit Ausnahme natürlich der Ihren

Inhalt

1

Die Rettung

Niemanden, der je Eigentum einer Katze war, wird es verwundern, dass er selbst die unbedeutendsten Ereignisse, die im Zusammenhang mit seiner Katze passierten, sein ganzes Leben nicht vergisst. Zu diesen Erinnerungen gehört nicht zuletzt, wie sie beziehungsweise er ihm zum ersten Mal begegnete.

Als ich meine Katze das erste Mal sah, dachte ich nie, dass unser Zusammentreffen je etwas Denkwürdiges bekommen würde. Zunächst einmal sah ich sie nur undeutlich. Es schneite, und sie stand in einiger Entfernung von mir in einer engen Straße in New York. Und dann nahm das, was ich von ihr sah, mich ganz und gar nicht für sie ein. Sie war mager, sie war verdreckt, und sie war anscheinend verletzt.

Die Umstände unserer Begegnung entbehrten nicht einer gewissen Ironie: Es war Heiligabend, und inmitten der weihnachtlichen Stimmung bot die Katze ein Bild des Jammers. Ein Fremder würde es kaum glauben, aber New York kann, wenn es sich anstrengt, eine schöne Stadt sein. So war es auch an jenem Weihnachtsabend vor ein paar Jahren.

Einen wichtigen Beitrag leistete der Schnee: Schnee lag in den Straßen, und noch immer fielen dicke Flocken – ein seltener Anblick zu Weihnachten. Die weiße Pracht begann allmählich die vielen alltäglichen New Yorker Misslichkeiten wie Lärm und Dreck, üble Gerüche und Schlaglöcher zu dämpfen und zu überdecken. Die Christbäume und die Lämpchen und die weihnachtlich dekorierten Fenster, all das, was anderswo so gewöhnlich wirken kann, wirkte an diesem verschneiten Abend in New York einfach stimmig.

Ich möchte mich nicht zu der Behauptung versteigen, New York hätte das gleiche traute Bild wie damals Bethlehem geboten; aber es war doch um einiges von jener Weihnachtsstimmung entfernt, die eine berühmte Glückwunschkarte veranschaulicht, die eine New Yorker Kfz-Reparaturwerkstätte in jenem Jahr an alle ihre Kunden verschickte. »Fröhliche Weihnachten«, stand darauf zu lesen, »wünschen Ihnen die Jungs aus der Werkstatt – zweite Mahnung.«

Für mich persönlich jedoch schien gerade dieses Weihnachtsfest wenig Erfreuliches bereitzuhalten. Dass es bereits sieben Uhr war und ich noch immer in meinem Büro am Schreibtisch saß, sprach für sich. Der Verein zur Bekämpfung von Grausamkeit gegenüber Tieren, den ich ein paar Jahre zuvor gegründet hatte, war in Schwierigkeiten – offen gesagt, gilt das noch heute – und schien dem Ende nahe. Wir waren auf beinahe jedem Gebiet des aktiven Tierschutzes vehement engagiert, und obwohl wir dies zu Gehältern taten, die mit knapper Not zum Leben reichten – oder, wie die meisten von uns, überhaupt ohne Bezahlung –, konnte sich der Verein finanziell kaum über Wasser halten. Er hatte zwar gewisse Erfolge verbuchen können, doch seine großen Leistungen lagen noch im Schoß der Zukunft.

Sogar sein Name, Tierschutz-Fonds, hatte sich als eine Enttäuschung erwiesen. Ich hatte ihn in einem, wie ich glaubte, Augenblick sublimster Inspiration gewählt, weil ich überzeugt war, seine bloße Erwähnung werde erkennen lassen, dass wir Geld gebrauchen konnten. Doch wie sich zeigte, hatte der Name mitnichten diese, sondern die gegenteilige Wirkung. Alle Leute dachten, wir hätten das Geld bereits.

Zu der Ebbe, die an diesem Heiligen Abend in der Vereinskasse herrschte, kam noch, dass es um meine eigenen Finanzen nicht zum Besten bestellt war. Meine schriftstellerische Tätigkeit, mit der ich mir schon seit Jahren meinen Lebensunterhalt zu verdienen pflegte, wollte keine Früchte tragen. Ich verwandte so viel Zeit darauf, den Fonds flottzubekommen, dass ich den Ablieferungstermin für ein Buch um vier Jahre überzogen hatte und mit zwei

Zeitschriftenartikeln schon so viele Monate in Verzug war, dass mir halbwegs plausible Entschuldigungen ausgingen. Für den heutigen Tag hatte ich unter anderem geplant, mir eine Zeile von Dorothy Parker zu borgen und meinem Lektor zu erzählen, ich hätte mich wirklich bemüht, die Sache fertigzustellen, aber irgendjemand habe mir den Bleistift stibitzt.

Was mein Privatleben anging, ließ auch dieses einiges zu wünschen übrig. Vor kurzem geschieden, wohnte ich in einem kleinen Apartment, und obwohl ich nicht gerade ein Eremitenleben führte – ich hätte an diesem Abend zwischen mehreren Einladungen von Arbeitskollegen und sogar von Freunden wählen können –, fand ich doch, dass Weihnachten ein Fest ist, das man nicht mit Leuten aus dem Büro oder auch Freunden, sondern mit seiner Familie verbringen soll. Und meine Familie bestand zu diesem Zeitpunkt aus einer einzigen, geliebten Tochter, die in Pittsburgh lebte und selbst eine Familie hatte, die sie vollkommen ausfüllte.

Ein Letztes kam dazu: Obwohl ich zeit meines Lebens, soweit ich mich überhaupt erinnern kann, und auch während meiner Ehejahre Tiere hatte und obwohl ich jeden Tag mit Tieren zu tun hatte, nannte ich kein einziges mein Eigen. Für einen Tierfreund ist ein Heim ohne Tier überhaupt kein Heim. Trotzdem war ich überzeugt, dass es bei diesem Zustand bleiben werde. Ich war im Durchschnitt mehr als zwei Wochen pro Monat auf Reisen und beinahe so oft von zu Hause fort wie daheim. In meiner Situation ein Tier zu halten wäre unverantwortlich gewesen.

Ich war gerade von der erfreulichen Beschäftigung, dem fallenden Schnee draußen zuzusehen, zu der unerfreulichen Arbeit zurückgekehrt, die eingegangenen Rechnungen durchzusehen, als es klingelte. Draußen stand eine mit Schneeflocken bedeckte Frau; es war Ruth Dwork. Ich kannte Miss Dwork schon seit vielen Jahren. Sie war früher einmal Lehrerin gewesen und gehört zu den Leuten, die ein großes Herz für Tiere haben. Sie holt alle möglichen Geschöpfe von der Straße, von Hunden bis zu Tauben, und hat ihr Leben der »Armee der Helfenden«, wie ich sie getauft habe, verschrieben. Allerdings ist sie in dieser Armee kein einfacher Soldat – sie hält sie einsatzbereit. Deswegen habe ich sie immer Sergeant Dwork genannt.

»Fröhliche Weihnachten, Sergeant«, sagte ich. »Was kann ich für Sie tun?«

Sie war ganz geschäftsmäßig-nüchtern. »Wo ist Marian?«, fragte sie. Marian Probst, meine langjährige Gehilfin, hat viel Erfahrung darin, Tiere von der Straße zu holen; nach dem Gebaren Sergeant Dworks zu urteilen, war gerade eine solche Aktion im Gange. »Marian ist nicht mehr da«, sagte ich. »Sie ist gegen halb sechs weggegangen und hat etwas davon gemurrt, dass manche Leute am Heiligen Abend freibekämen. Ich sagte ihr, sie gehöre zu denen, die immerfort auf die Uhr sehen, aber es hat nichts geholfen.«

Sergeant Dwork fand das nicht lustig. »Und wie steht's mit Lia?«, wollte sie wissen. Lia Albo koordiniert die Arbeit des Tierschutz-Fonds landesweit und ist außerdem sehr geschickt darin, herrenlosen Tieren ein Heim zu finden. Sie war jedoch schon vor Marian weggegangen.

Miss Dwork war offensichtlich nicht sehr glücklich darüber, mit mir vorliebnehmen zu müssen. »Na schön«, sagte sie, mich kritisch musternd, versuchte aber, das Beste daraus zu machen, »ich brauche jemanden mit langen Armen. Ziehen Sie Ihren Mantel an.«

Während ich mit Sergeant Dwork durch den wirbelnden Schnee und in bitterer Kälte die Straße entlangging, erklärte sie mir, dass sie schon seit beinahe einem Monat eine bestimmte herrenlose Katze einzufangen versuche, bisher aber keinen Erfolg gehabt habe. Sie habe, sagte sie, schon alles versucht, habe sich bemüht, die Katze in eine »Hab-ein-Herz«-Falle zu locken, doch so ausgehungert das Tier und so erfolgreich diese Methode in zahllosen anderen Fällen gewesen sei, hier habe sie nicht funktioniert. In der letzten Zeit, sagte Miss Dwork, sei sie nun zu einem direkteren Vorgehen übergewechselt. Zwar habe sie es immerhin so weit gebracht, dass die Katze dicht an den Eisenzaun am Ende der Gasse gekommen sei und sogar von ihren ausgestreckten Fingern kleine Käsestückchen genommen habe. Es sei ihr aber nie geglückt, das Tier so nahe herbeizulocken, dass sie es fangen konnte. Bei jedem Versuch sei die Katze weggesprungen, und jedes Mal sei es schwieriger geworden, das Vertrauen des immer argwöhnischer werdenden Tiers zurückzugewinnen.

Am Abend vorher, erfuhr ich von Sergeant Dwork, sei sie zum ersten Mal drauf und dran gewesen, die Katze zu erwischen. Diesmal sei das Tier, während es den Käse verschlang, nicht weggesprungen, sondern stehen geblieben, wo es war – näher als je zuvor, aber ärgerlicherweise gerade noch außer Reichweite. So erfreulich das war, Miss Dwork war nun überzeugt, sich im Wettlauf mit der Zeit zu befinden. Die Katze hatte im Souterrain eines Wohngebäudes Zuflucht gesucht, und der Hausverwalter war angewiesen worden, sie noch vor Weihnachten daraus zu vertreiben; andernfalls werde er Ärger bekommen. Und nun hatten die ihm unterstellten Leute auf seine Anweisung der Katze den Krieg erklärt. Miss Dwork hatte, als sie das letzte Mal dort gewesen war, selbst gesehen, wie jemand einen Gegenstand nach dem Tier warf und es damit traf.

Als wir unser Ziel erreichten, stellte ich fest, dass hier zwei Gassen begannen. »Sie ist entweder in der einen oder in der andern«, flüsterte Sergeant Dwork. »Sie nehmen sich die hier vor, ich mir die andere.« Sie verschwand nach links, und ich stand da, im unablässig fallenden Schnee in meinen Mantel vermummt, und spähte in den dunklen Schacht vor mir. Ehrlich gesagt, hatte ich wenig Vertrauen zu dem ganzen Plan.

Die Gasse war wie ein Messereinschnitt zwischen zwei hohen Gebäuden, gesäumt von düsteren, eingedellten Mülltonnen, mit Schnee bedeckten Abfallbergen, die durch einen Eisenzaun von der Straße getrennt waren. Und dann, während ich angestrengt umherblickte, um zu sehen, wo sich inmitten dieser Trostlosigkeit die Katze versteckt halten könnte, bewegte sich plötzlich einer der Abfallhaufen. Irgendetwas reckte sich, schüttelte sich und drehte sich zu mir her, um mich in Augenschein zu nehmen. Ich hatte die Katze entdeckt.

Wie ich schon sagte, war der erste Anblick nicht eben denkwürdig. Das Tier wirkte eher wie ein Gespenst in Katzengestalt. Vor dem weißen Hintergrund des Schnees sah es so mager aus, dass es ganz und gar wie ein richtiges Gespenst gewirkt hätte, wäre es nicht so mitleiderregend schmutzig gewesen. Ja, es starrte derart vor Dreck, dass sich nicht einmal erraten ließ, welche Farbe sein Fell ursprünglich gehabt haben mochte.

Wenn Katzen, selbst streunende Katzen, es so weit mit sich kommen lassen, zeigt das zumeist, dass sie aufgegeben haben. Auf diese Katze traf dies jedoch nicht zu, obwohl sie nicht nur schmutzig, sondern auch nass war, fror und Hunger hatte. Zu allem Überfluss ließ ihre schiefe Haltung auf eine Verletzung schließen, entweder an einem der Hinterbeine oder an einer Hüfte. Und das Maul wirkte sonderbar verkrümmt, offenbar von einer breiten Schnittwunde entstellt.

Aber sie hatte, wie gesagt, nicht aufgegeben. Während sie zu mir herstarrte, hob sie, so schwer es ihr auch gefallen sein muss, eine Vorderpfote und begann sie abzulecken. Dann kam die andere Vorderpfote dran. Und als sie geputzt waren, machte sich das Tier an das ungleich schwierigere Werk, zuerst – ungeachtet seiner verletzten Hüften – die eine und dann die andere Hinterpfote hochzuhieven. Als es schließlich damit fertig war, vollführte es etwas, was mir völlig unglaublich erschien: Es machte mit angelegten Ohren einen Luftsprung, als übte es, ausgerechnet in dieser Verfassung, seinen Beutesprung.

Als ich diesen Sprung sah, fühlte ich mich erleichtert. Vielleicht war die Katze doch nicht so schwer verletzt, wie ich anfangs gedacht hatte.

Einen Augenblick später merkte ich, dass Miss Dwork, die sich auf leisen Sohlen bewegte, wieder zu mir gestoßen war. »Sehen Sie sich ihr Maul an«, wisperte sie. »Ich hab Ihnen ja gesagt, sie haben ihr den Krieg erklärt.«

Auch wir hatten einen Krieg vor uns – aber nicht einen gegen, sondern für die Katze. Während Sergeant Dwork mir leise ihren taktischen Plan mitteilte, beschlich mich das ungute Gefühl, dass sie mich anscheinend als einen blutigen Anfänger betrachtete und deswegen darauf bedacht war, mir nur einfache Aufgaben zuzuteilen, mit denen nicht einmal ein männliches Wesen überfordert war. Jedenfalls erklärte sie mir, noch immer im Flüsterton, sie werde sich dem Zaun nähern, auf der ausgestreckten Hand die Käsestückchen, die der Katze inzwischen völlig vertraut waren. Ich sollte mich hinter ihrem Rücken zusammen mit ihr vorwärtsbewegen. Sobald sie die Katze so nahe wie möglich herangelockt hatte, wollte sie rasch einen Schritt zur Seite tun, und ich sollte mich, die Arme bereits durch den Zaun gestreckt, auf die Knie fallen lassen und zupacken. Sergeant Dwork war überzeugt, die Katze sei derart ausgehungert, dass sie in diesem Augenblick in ihrer Wachsamkeit so weit nachlassen werde, dass sie nach dem Köder schnappte – und das werde ihre Gefangennahme besiegeln.

Wir machten uns ans Werk, und während ich hinter Sergeant Dwork kroch, erhaschte ich zum ersten Mal einen Blick in die Augen der Katze, die zu uns herüberstarrte. Sie waren das Schönste überhaupt an der armseligen Kreatur: sanft und von einem strahlenden Grün.

Während sich Sergeant Dwork dem Zaun näherte, redete sie in beruhigendem Ton auf die Katze ein, zog zugleich demonstrativ den vertrauten Käse aus der Tasche und versuchte das Tier dazu zu bringen, sich nicht auf das massige Etwas zu konzentrieren, das hinter ihr dräute. Sie tat dies mit solcher Geschicklichkeit, dass wir unsere Zielposition tatsächlich fast im selben Augenblick erreichten, als die Katze, die noch immer, wenn auch zusehends argwöhnischer, näher kam und so dicht am Zaun stand, dass sie den ersten Bissen von Sergeant Dworks ausgestreckter Hand nehmen konnte.

Doch dies bot uns noch keine Chance. Mit einer einzigen, unglaublich flinken Bewegung packte die Katze das Käsestückchen, schlang es hinunter und sprang zurück. Unser zweiter Versuch hatte genau das gleiche Ergebnis. Wieder ein Satz nach vorne, das Zupacken, das Hinunterschlingen und der Sprung zurück. Sie beherrschte das Spiel des Zuschnappens und Ausweichens einfach zu gut.

Mittlerweile war ich überzeugt, dass Sergeant Dworks Plan zu nichts führen werde. Aber ebenso stand für mich fest, dass wir die Katze irgendwie erwischen mussten. Ich wäre am liebsten über den Zaun geklettert und hätte Jagd auf sie gemacht.

Von einer solchen Verrücktheit wollte Sergeant Dwork natürlich nichts wissen, und obwohl es mich ärgerte, wusste ich doch, dass sie recht hatte. Auf diese Weise hätte ich das Tier nie gefangen. Doch Sergeant Dwork ging etwas anderes durch den Kopf. Wortlos gab sie mir zu verstehen, wie sie ihre Taktik abzuwandeln gedachte. Diesmal wollte sie der Katze nicht nur ein, sondern zwei Käsestückchen hinhalten – je eines auf beiden ausgestreckten Händen. Doch diesmal, bedeutete sie mir, werde sie zwar die rechte Hand, so weit es ging, die linke hingegen längst nicht so weit durch den Zaun strecken. Offensichtlich hoffte sie, die Katze werde versuchen, beide Bissen zu erwischen, ehe sie wegsprang. Noch einmal gingen wir zum Angriff über, und ich schob über Sergeant Dwork die Hände durch den Zaun. Und jetzt nahm die Katze, ganz wie erhofft, nicht nur den ersten Bissen, sondern wollte sich auch den zweiten holen. Und exakt in diesem Augenblick, mitten im Zubeißen, warf sich Sergeant Dwork seitwärts, während ich mich auf die Knie fallen ließ.

Meine Knie schlugen auf dem Boden auf, mein Gesicht prallte gegen den Zaun, aber ich spürte es nicht einmal. Denn zwischen meinen Händen – von meinen Fingern fest umklammert – war die Katze. Ich hatte sie.

Überrascht und wütend gab sie zuerst ein Fauchen und dann einen Schrei von sich, wand sich hin und her und zerkratzte mir mit ihren Krallen beide Hände. Wieder spürte ich nichts, weil ich inzwischen ganz mit der doppelten Aufgabe beschäftigt war, sie nicht loszulassen und gleichzeitig ihren mageren, sich verzweifelt windenden Körper – den ich in einem festen Griff hielt, wenn auch für einen Sekundenbruchteil nur in einer einzigen Hand – durch eine der schmalen Öffnungen in dem Eisenzaun zu manövrieren. Nun kam mir zustatten, dass sie nur aus Haut und Knochen bestand, denn so konnte ich sie zwischen den Stangen durchziehen.

Noch immer kniend, hob ich sie auf und versuchte sie in meinen Mantel zu stopfen. Doch dabei war ich entweder zu optimistisch oder zu wenig auf der Hut, denn irgendwo zwischen Hochheben und Hineinstopfen verpasste sie mir, noch immer fauchend und spuckend, einen letzten bösen Kratzer über Gesicht und Hals.

Als ich mich hochrappelte, klatschte Sergeant Dwork vor Freude in die Hände, aber offensichtlich fand sie, nun sei es an der Zeit, *mich* in Sicherheit zu bringen. »Oh!«, sagte sie. »Oje! Ihr Gesicht! Mein Gott!« Während wir im Schnee dastanden, versuchte sie mir mit ihrem Taschentuch das Blut abzuwischen. Und währenddessen spürte ich, dass das kleine Herz der Katze vor Furcht wie wild pochte und sie sich unter meinem Mantel zu befreien versuchte. Doch ich hatte sie fest im Griff und nun wieder mit beiden Händen.

Sergeant Dwork hatte mir inzwischen das Gesicht saubergetupft und wurde wieder ganz zum Sergeant. »Ich übernehme sie jetzt«, sagte sie und streckte die Hände aus. Unwillkürlich machte ich einen Schritt zurück. »Nein, nein, es ist schon in Ordnung so«, versicherte ich ihr. »Ich nehme sie mit zu mir nach Hause.« Davon wollte Sergeant Dwork nichts wissen. »Aber nein!«, rief sie. »Ich wohne ja ganz in der Nähe.« – »Ich auch«, antwortete ich und schob die Katze noch tiefer in die Tiefen meines Mantels. »Wirklich, es macht mir überhaupt nichts aus. Und außerdem ist es ja nur für diese Nacht. Morgen entscheiden wir dann – äh –, was mit ihr geschehen soll.«

Sergeant Dwork sah mich zweifelnd an, als ich mich auf den Weg machte. »Na schön«, sagte sie. »Ich rufe Sie gleich morgen früh an.« Sie winkte mit der Rechten, die in einem Fäustling steckte. »Fröhliche Weihnachten.« Ich wünschte ihr das Gleiche, aber zurückwinken konnte ich nicht.

Joe, dem Portier in meinem Apartmenthaus, gefiel mein Aussehen ganz und gar nicht. »Mr. Amory!«, rief er. »Was ist denn mit Ihrem Gesicht passiert? Ist alles in Ordnung?« Ich gab zurück, er hätte sehen sollen, wie der andere Typ zugerichtet war. Während er mich zum Lift führte, konnte er vor Neugier kaum an sich halten, sowohl was den Umstand, dass ich scheinbar keine Hände mehr hatte, als auch die Ausbuchtung unter meinem Mantel betraf. Joe ist wie jeder gute Portier in New York die Diskretion in Person – zumindest von Hausbewohner zu Hausbewohner –, aber seine Neugier ist so riesengroß, dass sie es mit dem Mount Everest aufnehmen könnte. Zugleich aber hat auch er ein Herz für Tiere und konnte sich denken, dass das, was ich unter meinem Mantel trug, jedenfalls etwas Lebendiges war. Er beugte sich zu mir und wollte in meinen Mantel fassen. »Lassen Sie's mich streicheln«, sagte er. »Nein«, antwortete ich entschieden. »Nicht anfassen!« – »Was ist es denn?«, wollte er wissen. »Sagen Sie's niemandem«, antwortete ich, »aber es ist ein Säbelzahntiger. Und außerdem hat man ihm die Krallen nicht abgefeilt.« – »Mann!«, sagte er. Und dann, kurz bevor sich der Lift in Bewegung setzte, teilte er mir mit, dass Marian schon oben sei.

Ich hatte damit gerechnet, dass Marian da sein werde. Mein Bruder und seine Frau hatten sich zu einem Drink bei mir angesagt, bevor wir alle zu einer Party aufbrachen, und Marian, die wusste, dass ich mich vermutlich verspäten würde, war gekommen, um sie hereinzulassen und sozusagen die Stellung zu halten.

Ich stieß mit dem Fuß an die Wohnungstür. Als

Marian öffnete, sprudelte ich die Geschichte mit Sergeant Dwork und der eingefangenen Katze heraus. Auch sie wollte wissen, was mit meinem Gesicht geschehen sei. Ich versuchte es mit dem gleichen Witz wie bei Joe. Doch Marian lässt sich nicht mit matten Witzchen abspeisen. »Der einzige ›andere Typ‹, der mich interessiert«, sagte sie, »steckt in Ihrem Mantel.« Bevor ich mich nach vorne beugte, um meine Beute freizugeben, drückte ich die Katze noch einmal an mich, um ihr zu zeigen, dass jetzt alles in Ordnung sei.

Im Wohnzimmer hatte ich ein bescheidenes Weihnachtsbäumchen stehen. Es war nicht sehr groß – aber auch die Katze war damals noch nicht sehr groß. Den Baum umgab ein ansehnlicher Haufen bunt verpackter Geschenke, und er war sogar mit Kerzen geschmückt, die in rhythmischen Abständen aufleuchteten und erloschen. Für eine Katze jedoch ist ein Baum ein Baum, und dieser, so verrückt er auch aussah, bildete keine Ausnahme. Mit einem einzigen Satz sprang sie über die Päckchen, schoss durch die Zweige, an den Kerzen und der elektrischen Schnur vorbei nach oben und verschwand in der Krone. »Braves Kätzchen«, hörte ich mich törichterweise sagen. »Du brauchst keine Angst zu haben. Hier passiert dir schon nichts.«

Ich trat an den Baum und griff dorthin, wo ich sie ungefähr vermutete, bekam sie aber nicht zu fassen.

Mit einem einzigen Satz sprang sie herunter, flitzte an meinen wedelnden Armen vorbei und versuchte in den Kamin zu klettern. Zum Glück war der Rauchfang verschlossen.

Als sie wieder erschien, merklich schmutziger als vorher, wartete ich bereits auf sie. »Braver Junge«, flötete ich – denn inzwischen war mir klargeworden, dass es sich um einen Kater handelte. Ich versuchte dabei den verständigsten Ton anzuschlagen, dessen ich fähig war. Doch es half nichts – wieder war er weg. Diesmal tobte er durchs Schlafzimmer, in einer Blitztour, von der mehr zu hören als zu sehen war, so dass Marian und ich fürchteten, er könnte durchs Fenster zu springen versuchen. Als der Kater schließlich im Flur wieder auftauchte, wirkte sogar er etwas entmutigt. Vielleicht, dachte ich verzweifelt, kann ich ihm jetzt vernünftig zureden. Langsam trat ich rückwärts ins Wohnzimmer, um vom Tablett mit den Horsd'œuvres ein Stückchen Käse zu holen. Das würde ihm sicher klarmachen, dass er sich bei Freunden befand und ihm nichts geschehen würde. Als ich wieder in den Flur kam, traf ich Marian mit bestürzter Miene an. »Er ist fort«, sagte sie. »Fort?«, fragte ich. »Wohin denn?« Marian schüttelte den Kopf, und plötzlich wurde mir bewusst, dass kein Lärmen, ja überhaupt kein Geräusch zu hören war.

Wir warteten auf sein Wiedererscheinen. Als es nicht dazu kam, blieb offensichtlich nichts anderes übrig, als mit einer systematischen Suche zu beginnen. Meine Wohnung ist vergleichsweise klein und bietet – jedenfalls waren Marian und ich zunächst dieser Ansicht – nur relativ wenige Versteckmöglichkeiten. Doch wir täuschten uns. Zum Beispiel stand im Wohnzimmer ein Bücherregal, das eine ganze Wand einnahm: Der Kater war so mager und so flink, dass es durchaus denkbar war, dass er hinaufgeklettert war und es fertiggebracht hatte, sich hinter einen Stapel Bücher zu klemmen. Wir begannen Buch um Buch herauszuräumen.

Aber er war nicht dahinter. Er war überhaupt nirgends. Wir räumten drei Einbauschränke aus. Wir zerrten das Sofa von der Wand weg. Wir schauten unter die Tische. Wir suchten die Küche ab. Und obwohl sie so winzig ist, dass darin zwei Erwachsene von Normalgröße nur knapp zur gleichen Zeit Platz finden, öffneten wir jeden Schrank, schoben den Herd weg, schauten in das Mikrowellengerät und stocherten sogar in dem kleinen Schränkchen unter dem Spültisch herum.

In diesem Augenblick klingelte es an der Wohnungstür. Marian und ich tauschten einen Blick – das mussten mein Bruder und seine Frau Mary sein. Mein Bruder ist einer von den drei Männern, die als einfache Soldaten in den Zweiten Weltkrieg zogen und als Befehlshaber einer Frontdivision im Oberstenrang zurückkamen. Er war, genau gesagt, bei den amphibischen Kampfeinheiten und hat an vierzehn Lande-Operationen gegen die Japaner teilgenommen. Später hatte er auch das Amt eines stellvertretenden Direktors der CIA inne. Als ein Mann, für den Krisen etwas Altgewohntes sind, warf er nur einen einzigen Blick auf das Chaos in meiner Wohnung. In solchen Situationen spricht mein Bruder nicht, sondern er blafft. »Einbrecher«, blaffte er. »Haben anscheinend gründliche Arbeit geleistet.«

Ich erklärte ihm kurz das Vorgefallene und dass der Kater nun überhaupt unauffindbar sei. Während Mary Platz nahm, übernahm mein Bruder augenblicklich das Kommando. Er wollte wissen, wo wir nicht gesucht hätten. Nur an Stellen, die für den Kater absolut unerreichbar seien, versuchte ich meine Stellung zu halten. »Ich will keine Theorien hören«, blaffte er. »Wo habt ihr *nicht* gesucht?« Resigniert nannte ich die obersten Fächer im Einbauschrank, die Herdröhre und die Geschirrspülmaschine. »Mal sehn«, schnarrte mein Bruder und nahm sich zuerst den Einbauschrank, dann den Herd und zuletzt die Geschirrspülmaschine vor. Und siehe da, unten im Geschirrspüler, buchstäblich um die Mechanik gewickelt, im unmöglichsten Versteck, in das man sich in der ganzen Wohnung zwängen konnte, war der Kater. »Sieh an«, sagte mein Bruder und wollte sich bücken, um das Tier herauszuziehen.

Ich hielt ihn zurück, weil ich nicht zulassen wollte, dass er noch einmal bei einer Landung unter feindlicher Gegenwehr sein Leben riskierte. Tapfer trat ich an seine Stelle. Schließlich war ich leichter zu entbehren.

Aber so oder so, keiner von uns brachte den Kater heraus. Er hatte sich so tief in die Maschine verkrochen, dass er selbst nicht mehr herausfand. »Benützt du den Spüler?«, wollte mein Bruder wissen. Ich schüttelte den Kopf »Dann zerleg ihn!«, befahl er. Gehorsam suchte ich nach Schraubenzieher, Zange und Hammer, und wenn ich auch kein großer Monteur bin, kann mir wohl niemand, nicht einmal mein Bruder, als Demonteur das Wasser reichen. Doch ich kam ihm zu langsam voran. Ungeduldig schob er mich beiseite und stürzte sich selbst ins Getümmel. Ich erhob keinen Protest. Mit der Geschirrspülmaschine war er als Pionier schließlich fast in seinem Element.

Als mein Bruder mit der Arbeit fertig war, guckten wir alle, Marian eingeschlossen, den Kater an. Und zum ersten Mal, seit ich ihn in der Gasse gesehen hatte, guckte er zurück. Er war derart erschöpft, dass er keinen Versuch machte, sich zu bewegen, obwohl es ihm nun möglich gewesen wäre. »Ich möchte einen Antrag einbringen«, sagte Marian leise. »Ich beantrage, dass wir ihn dort lassen, wo er jetzt ist, ihm etwas zum Fressen, Wasser und ein ›Töpfchen‹

hinstellen und ihn sich selbst überlassen. Ruhe und Frieden, das braucht er jetzt.«

Der Antrag wurde angenommen. Wir stellten drei Schüsselchen hin mit Wasser, Milch und etwas zu fressen, löschten alle Lichter, auch die Kerzen am Weihnachtsbaum, und verließen ihn.

Als ich in der Nacht nach Hause kam, trat ich auf Zehenspitzen in die Wohnung. Die drei Schüsseln standen genau dort, wo wir sie hingestellt hatten, und alle drei waren geleert. Von dem Kater war jedoch nichts zu sehen. Doch diesmal begann ich keine Suchaktion. Ich füllte die Schüsselchen einfach wieder und ging ins Bett. Unterstützt von einem Sergeanten, einem Oberst und von Marian, war ich, wozu es auch führen mochte, zumindest auf ein paar Tage zu einer Weihnachtskatze gekommen.

2
Die Entscheidung

Am nächsten Morgen erwachte ich schon früh – nach meiner Erinnerung so früh wie noch nie an einem Weihnachtsmorgen seit meiner Kindheit. Damals durften mein Bruder, meine Schwester und ich, sobald wir aufwachten, die Strümpfe mit unseren Geschenken öffnen, vom Weihnachtsmann alle einzeln verpackt und sorglich verstaut. Es war eine der wenigen Gelegenheiten, bei denen ich auf meine Schwester neidisch wurde. Sie glaubte erstens noch an den Weihnachtsmann – meinem Bruder und mir drohte man, wir würden überhaupt keinen Strumpf bekommen, sollten wir uns einfallen lassen, ihr ein Licht aufzustecken –, und zweitens bekam sie einen Strumpf wie für ein ausgewachsenes Mädchen. Er war mehr als zweimal so lang wie meiner und der meines Bruders und enthielt deshalb viel mehr Geschenke. Schon früh hat die Frauenemanzipation in unserer Familie Einzug gehalten.

Mein Rekord im Wachwerden am Weihnachtsmorgen stand bei vier Uhr früh. An meinem ersten Weihnachtsfeiertag mit dem Kater unterbot ich diese Marke zwar nicht, war aber nahe daran. Jedenfalls beschloss ich, sofort aufzustehen und mich auf die Suche nach ihm zu machen. Doch als ich mich schlaftrunken im Bett aufsetzte, sah ich mit einem einzigen Blick, dass sich das erübrigte. Nur ein paar Schritte von meinem Bett entfernt, in beinahe genau der gleichen Haltung, in der ich ihn zum ersten Mal gesehen hatte, stand der Kater.

Anscheinend stand er schon seit einiger Zeit so da, auf irgendwelche Lebenszeichen von mir wartend. Und nun, da er solche registrierte, begann er zu sprechen. »Ajau«, sagte er.

»Was heißt hier ›ajau‹?«, antwortete ich. »Fröhliche Weihnachten.« Ich erinnerte ihn, dass er eigentlich »miau« sagen müsste.

»Ajau«, wiederholte er. Konsonanten waren offenbar nicht seine Stärke, aber in Vokalen war er groß.

Als ich aus dem Bett stieg und dicht an ihm vorbeiging, um seine Schüsselchen wieder zu füllen, stellte ich fest, dass er keinen Versuch machte, mir aus dem Weg zu gehen. Er verdrückte sich auch nicht, als er mit seiner Mahlzeit fertig war. Er saß ein paar Augenblicke ruhig da, leckte sich und betrachtete die Dinge ringsumher. Dann trat er, langsam und gemessen, einen Rundgang durch die Wohnung an. Als er ins Schlafzimmer zurückging, folgte ich ihm. In der Ecke zwischen den beiden Fenstern blieb er stehen und blickte zu mir zurück. »Ajau«, gab er wieder von sich. Offenbar wollte er aufs Fensterbrett hinauf, um hinauszuschauen. Und ebenso offensichtlich war, dass er diesmal um Beistand ersuchte, obwohl ihm am Abend vorher dieser Sprung ohne jede Mithilfe – und mit fast fünfzig Stundenkilometern – gelungen war.

Ich ging hin und hob ihn auf. Er blickte sich zu mir um, als ich ihn anfasste, tat aber sonst nichts. Einen Augenblick später setzte er seinen langsamen Rundgang fort, diesmal auf dem Fensterbrett. Er verbrachte einige Zeit damit, auf die Straße hinab- und in den verschneiten Central Park hinüberzuschauen. Anschließend sprang er zum nächsten Fenster hinüber, das auf einen kleinen Balkon geht. Dieser nahm sein Interesse so stark in Anspruch, dass er sich hinlegte und einige Zeit liegen blieb, wobei sich sein Schwanz vor- und rückwärtsbewegte. Es lag auf der Hand, dass er Tauben gesehen hatte. Schließlich sprang er hinunter und ging ins Wohnzimmer zurück.

Wieder ging ich ihm nach, und zum ersten Mal seit unserer Bekanntschaft streckte er sich in voller Länge aus. Dann drehte er sich auf den Rücken, steckte den Kopf halb unter eine Schulter und sah mich an, während sich der Schwanz wieder gemächlich hin und her bewegte. Katzen sprechen mit ihrem

Schwanz, und noch nie hatte sich eine Katze deutlicher ausgedrückt. »Ich ziehe hier ein«, gab er zu verstehen, auf genau die Art, wie jemand, der gerade eine Wohnung gründlich besichtigt hat, einem Mietverhältnis zustimmen würde. Befriedigt ging ich wieder ins Bett.

Gegen acht Uhr klingelte das Telefon. Ich konnte nicht glauben, dass am Weihnachtsmorgen jemand imstande war, so früh anzurufen. Es war, wie ich mir hätte denken können, Sergeant Dwork. »Fröhliche Weihnachten«, sagte sie. »Wie geht's unserer Katze?« – »Gut geht's unserer Katze«, antwortete ich. »Ganz gut.« Ich bemühte mich, mir nicht anmerken zu lassen, dass ich, selbst in diesem Stadium meines Lebens mit dem Kater, dieses »unser« nicht recht angebracht fand. Das gelang mir anscheinend, denn Sergeant Dwork sprach begeistert weiter. »Ich habe eine wunderbare Neuigkeit«, sagte sie. »Eine Frau, die die Katze haben möchte.«

»Toll«, antwortete ich, allerdings ohne große Begeisterung, was Sergeant Dwork gemerkt haben musste, denn sie fügte rasch hinzu: »Ich kenne sie, und sie wird ihr ein wunderbares Zuhause schaffen.«

Ich sagte, davon sei ich überzeugt. »Die Sache ist allerdings die«, fuhr Miss Dwork fort, »dass sie sie sofort haben will, als Weihnachtsgeschenk für ihre Tochter. Sie haben nämlich ihre eigene Katze verloren.«

Ich bemühte mich, wenn nicht Begeisterung, so doch einen gefassten Ton aufzubieten. Wann sie kommen und den Kater ansehen könnten, fragte ich. Am Nachmittag?

»Aber nein.« Sergeant Dworks Stimme klang schockiert. »Nicht erst am Nachmittag. Heute Vormittag. Gleich jetzt. Sie ist bereits zu Ihnen unterwegs. Übrigens, sie heißt Mrs. Wills.«

»Moment«, bremste ich sie in strengem Ton. »Nicht so hastig.« Ich warf einen Blick auf die Stelle im Wohnzimmer, wo der Kater es sich gemütlich gemacht hatte. »Er ist so schmutzig«, sagte ich, »und es kommt mir ganz schrecklich vor, dass er wieder woanders hingebracht werden soll, wo er gerade anfängt –«

Doch Sergeant Dwork schnitt mir das Wort ab. »Unsinn«, sagte sie. »Je früher, desto besser. Wenn er sich bei Ihnen zu sehr eingewöhnt und Sie ihn zu liebgewinnen, dann wird es für Sie wie für ihn umso schwerer, wenn Sie ihn doch hergeben. Und bitte, Sie haben ja selbst gesagt, dass für Sie eine Katze auf Dauer ganz und gar nicht das Richtige wäre, weil Sie doch so oft fort sind und so.«

Was sie sagte, hatte natürlich Hand und Fuß, das musste ich zugeben. »Okay«, lenkte ich ein. »Ich werde mit Mrs. Wills sprechen und Ihnen nachher am Telefon sagen, ob ihr die Katze gefällt.«

Doch als ich auflegte, brachte ich es nicht fertig,

den Kater anzusehen, obwohl ich spürte, dass er zu mir herblickte. Ich wandte den Kopf ab und schaute zum Fenster hinaus.

Gleich darauf klingelte es. Mrs. Wills war da.

»Entschuldigen Sie, dass ich so früh komme«, sagte sie munter, während sie in jedem Wortsinn Einzug hielt. »Aber ich hätte ihn gern für –«

»Ich weiß«, sagte ich, »für Ihre Tochter als Weihnachtsgeschenk.« Ich drehte mich um und wollte auf den Kater zeigen. Aber von einem Kater war natürlich nichts zu sehen.

»Das ist komisch«, sagte ich vorsichtig. »Vor einer Sekunde war er noch da.« Ich blickte mich nervös um. Die Vorstellung einer zweiten Suchaktion wie der vom Abend vorher und unter den Augen von Mrs. Wills hatte den ganzen Reiz einer Betriebsprüfung durchs Finanzamt. Mrs. Wills ließ den Blick umherschweifen.

»Was ist denn hier passiert?«, fragte sie. »Es sieht ja aus, als wäre hier eine Bombe hochgegangen. Hat der Kater …?«

Ich hatte natürlich das Chaos in der Wohnung vollkommen vergessen. »Ach, der Kater«, wiederholte ich und versuchte, unbekümmert zu lachen. »O nein. Das war nicht der Kater. Mein Bruder hat das angerichtet. Er war nämlich gestern Abend hier, und wir haben vergeblich nach einem Buch gesucht. Mein Bruder ist nämlich eine Leseratte.«

Mrs. Wills' Augenbrauen hoben sich etwas, während sie den Inhalt des Einbauschranks im Wohnzimmer musterte, der noch auf dem Boden in der Diele verstreut lag. »Soooo«, sagte sie.

Ich fragte, ob ich ihr eine Tasse Kaffee holen solle. Sie schüttelte den Kopf.

Es blieb nichts anderes übrig, als den Tatsachen ins Gesicht zu sehen. »Komm hierher, mein Junge«, rief ich kühn. Ich kam mir dabei nicht nur idiotisch vor, sondern wusste auch sehr genau, dass es ganz unwahrscheinlich war, er würde einen solchen Ruf zur Kenntnis nehmen, geschweige denn ihm Folge leisten, zumal wenn eine fremde Person anwesend war. Trotzdem ging ich im Zimmer umher und wiederholte meinen Ruf, während ich so tat, als rückte ich Dinge zurecht, in Wahrheit aber verstohlen nach dem Kater Ausschau hielt. Schließlich – Mrs. Wills hatte gerade begonnen, bedeutungsvoll mit einem Fuß auf den Boden zu klopfen – manövrierte ich mich in die Position, die ich von vornherein angepeilt hatte, das heißt, ich tat so, als wollte ich den kleinen Teppich neben dem Sofa glätten, linste aber in Wirklichkeit unter das Sitzmöbel. Und siehe da, ganz hinten an der Wand kauerte in starrer Unbeweglichkeit der Kater. »Sieh an!«, rief ich und ließ mich auf Hände und Knie nieder. »Da ist er ja! An seinem Lieblingsplätzchen!«

Zögernd kniete sich Mrs. Wills neben mich. »Ich

sehe überhaupt nichts«, sagte sie vorwurfsvoll. Ich sagte, ich wolle eine Taschenlampe holen. Als ich zurückkam und der Strahl der Lampe auf den Kater fiel, glühten seine Augen auf. Im Übrigen aber wirkte er wie eine in die Enge getriebene Hyäne. »Oh«, sagte Mrs. Wills. »Oje! Wie wild er aussieht.«

»Ach, machen Sie sich darüber keine Gedanken«, beruhigte ich sie. »Er ist nur ein bisschen überrascht.«

»Und wie schmutzig er ist«, fuhr sie fort. »Nun ja«, antwortete ich gemessen, »vergessen Sie nicht, er hat ja bis jetzt auf der Straße gelebt. Er ist im Handumdrehen sauber zu bekommen.«

Doch die Inspektion war noch nicht abgeschlossen. »Warum kauert er denn so schief?«, wollte Mrs. Wills wissen. »Ist was mit ihm nicht in Ordnung?«

»Ach, das ist nichts Besonderes. Manchmal steht er sogar so da. Es lässt sich bestimmt beheben. Und bedenken Sie auch, dass er nervös ist, weil wir beide ihn so anschauen.«

Doch Mrs. Wills war mittlerweile argwöhnisch geworden. »Irgendetwas ist mit seinem Maul verkehrt«, konstatierte sie.

»Er hat eine Schnittwunde«, antwortete ich. »Eine ganz kleine. Wirklich nur winzig, die Wunde.«

Sie rappelte sich hoch und ging zu ihrem Sessel zurück. »Ach Gott«, sagte sie wie in einem Selbstgespräch. »Ich weiß nicht recht. Jetzt, da ich ihn gesehen habe, bin ich mir nicht mehr so sicher. Einen Versuch könnte ich wohl machen. Aber Jennifer ist ja noch so klein, und diese Katze wird sicher schrecklich viel Arbeit geben.«

Ich sagte, ich nähme nicht an, dass es so schlimm wäre, und machte ihr einen Vorschlag. Was würde sie dazu sagen, fragte ich sie, wenn sie es mir überließe, das Tier zu säubern und zu beruhigen, und dann ihre Entscheidung träfe? Ich stellte mir mindestens ein paar Tage dafür vor.

Die Idee gefiel ihr – nicht aber die Zeitdauer. Es musste offenbar unbedingt eine Weihnachtskatze sein. Sie blickte auf ihre Armbanduhr. »Ich komme nach dem Gottesdienst wieder und lasse inzwischen den Katzenkoffer da.«

So, dachte ich, das war's. Zumindest hatte ich mich um das bemüht, was auf lange Sicht das Beste für den Kater war. Jedenfalls blieb nun – erster Weihnachtsfeiertag hin oder her – nichts anderes übrig, als das Tier zu säubern. Ich ging ins Badezimmer, um Seife und Waschlappen, über die ich warmes Wasser laufen ließ, und außerdem eine Badematte zu holen.

Als ich ins Wohnzimmer zurückkam, war der Kater nicht mehr unter dem Sofa. Er lag wieder in der Zimmermitte auf dem Boden, genau dort, wo er vor Mrs. Wills Auftritt gelegen hatte. Ich hatte den Eindruck, dass er genau begriff, was es mit der Matte, dem Badetuch und all den übrigen Utensilien auf sich hatte, dass er genau wusste, was ich im Schilde führte. Zugleich aber schien er einfach nicht glauben zu wollen, dass ich zu etwas Derartigem imstande wäre. Sein Schwanz vollführte ein ungläubiges Klapp-klapp. »Eine Katze waschen!«, rief er. Er fand offensichtlich, dass sogar jemand wie ich, mochte ich als Katzenhalter auch noch so unerfahren sein, doch mit den Selbstverständlichkeiten vertraut sein müsste – und was konnte selbstverständlicher sein als das schlichte Faktum, dass das Waschen nicht meine, sondern seine eigene Aufgabe war?

Er stellte sich auf die Pfoten und schaute zu mir hoch. Ich schaute zu ihm hinunter. Wir blickten einander gewissermaßen in die Augen, ich aus 1,80 und er aus 0,15 Meter Höhe. Und wie bei allen solchen Konfrontationen sollte es auch hier darum gehen, wer als Erster blinzelte. Ich, so hatte ich mir bereits geschworen, würde das auf keinen Fall sein.

Und ärgerlich blieb ich meinem Vorsatz treu. Zugegeben, manche Nörgler könnten bemängeln, dass ich mich nicht sofort ans Werk machte. Sie könnten sogar argumentieren, dass ich ein kleines bisschen geblinzelt hätte. Aber es wäre völlig verkehrt und mir gegenüber äußerst unfair, es aufzubauschen. In Tat und Wahrheit geschah Folgendes: Im selben Augenblick, als ich mit der Säuberung beginnen wollte und das Klapp-klapp des Katzenschwanzes noch unheilverkündender wurde, kam mir plötzlich und ganz aus eigenem Antrieb – es hatte nichts damit zu tun, dass der Kater einen Buckel zu machen begann und die Ohren anlegte – die Idee, dass ich möglicherweise nicht genug über das Waschen von Katzen wisse und Autoritäten zu Rate ziehen solle.

Eilends legte ich die Waschutensilien beiseite und trat zum Bücherregal, wo ein ganzes Fach mit Katzenliteratur angefüllt war. Wie die übrigen Bücher befanden sich auch diese nun in einem Zustand trauriger Unordnung. Zudem suchte ich nach etwas ganz Speziellem – nicht nach Auskünften über Katzen im Allgemeinen, sondern über das Waschen von Katzen. In den verschiedenen Büchern standen viele Hinweise zu dem Thema, aber es fanden sich auch, wie es bei heiklen Fragen oft vorkommt, viele unterschiedliche Meinungen oder, um es genau zu sagen, zwei einander diametral gegenüberstehende Denkschulen. Die eine der beiden vertrat die Auffassung, man solle eine Katze nie, unter keinen Umständen waschen. Katzen, so diese Theorie, besorgten das nicht nur lieber selbst, sondern seien darin auch viel besser als irgendein Mensch, und außerdem könnte es leicht vorkommen, dass ihnen Seife in die Augen oder ins Fell geriete, was für sie möglicherweise sehr schlimme Folgen hätte. Die andere Schule hingegen vertrat den Standpunkt, es sei durchaus in Ordnung, wenn man seine

Katze wasche. Ja, wenn man es unterließe, könnten ihr alle möglichen unguten Dinge zustoßen.

Angesichts der gegebenen Situation und nach Abwägung sämtlicher Faktoren beschloss ich, mich an die Theorie II zu halten, und ging die Bücher durch, bis ich eines fand, schlicht »Du und deine Katze« betitelt, das mir als das maßgeblichste auf diesem Gebiet erschien. Geschrieben hatte es ein englischer Tierarzt, David Taylor, und frohgemut begann ich zu lesen:

> Das beste »Bad« dürfte das Spülbecken in der Küche abgeben. Ehe Sie sich an die Arbeit machen, vergewissern Sie sich, dass sämtliche Türen und Fenster geschlossen sind und der Raum frei von kalter Zugluft ist. Legen Sie eine Gummimatte ins Spülbecken, damit die Katze nicht ausrutscht.

So weit, so gut, befand ich. Doch der folgende Absatz hatte es in sich:

> Wenn Sie annehmen, Ihre Katze wird sich sträuben, stecken Sie sie in ein Leinwandsäckchen, so dass nur der Kopf herausschaut. Schütten Sie das Shampoo in das Säckchen, und senken Sie dieses zusammen mit der Katze ins Wasser. Dann können Sie die Katze durch den Stoff massieren und Schaum erzeugen.

Die Katze in einen Sack stecken! Vielleicht, dachte ich, brächte das mein Bruder mit seinem Regiment fertig, aber dass ich allein es schaffen könnte, war höchst zweifelhaft. Zwar verhielt sich der Kater an diesem Vormittag ruhig, doch in Erinnerung an das Getobe vom Vorabend und angesichts dessen, dass ich selbst keine amphibische Kampfausbildung durchgemacht hatte, sah ich voraus, dass es zu einem Desaster à la Gallipoli oder zumindest Dünkirchen kommen könnte.

Doch nichts konnte Dr. Taylors wässrige Offensive aufhalten.

> Lassen Sie in das Spülbecken fünf bis zehn Zentimeter hoch warmes Wasser einlaufen. Die Wassertemperatur sollte der Körpertemperatur Ihrer Katze, achtunddreißigeinhalb Grad, möglichst nahekommen. Um die Katze hineinzuheben, schieben Sie eine Hand unter ihr Hinterteil, während Sie sie mit der andern am Genick packen. Wenn Ihre Katze es lieber hat, erlauben Sie ihr, dass sie die Vorderpfoten aus dem Wasser heraushält.

Ich war mir sicher, dass die Katze, um die es hier ging, dies nicht nur lieber hätte, sondern dass sie auch die erste Gelegenheit ergreifen würde, mit ebendiesen Pfoten auf denjenigen loszugehen, der sich zu solchen Waschungen erdreistete. Jedenfalls, ich hatte genug. Ich stellte das Buch wieder an seinen Platz, ging zu dem Kater zurück und breitete mit all der Autorität, die mir zu Gebote stand, die Matte neben ihm auf dem Boden aus.

Zu meiner Verblüffung stellte er sich prompt darauf. Obwohl ich vorsichtshalber aufrecht stehen geblieben war, um mich notfalls sofort zurückziehen zu können, erkannte ich rasch, dass ich ihn falsch eingeschätzt hatte. Wenn ich so dumm sein wollte, die Arbeit eines anderen – das hieß seine – zu machen, dann bitte sehr.

Ich konnte ihm nicht länger widerstehen. Ich kniete mich neben ihm nieder, nahm ihn in die Arme und drückte ihn so lange an mich, dass er ein leises und überrascht klingendes »Ajau« von sich gab, im Übrigen aber nichts tat. Ich bin überzeugt, dass er seit langer Zeit – wenn nicht überhaupt – zum ersten Mal von einem Menschen in die Arme genommen wurde oder sonst einen Beweis von Zärtlichkeit erhalten hatte. Dann begann ich mit seiner Säuberung, und ohne einen Laut, ohne einen einzigen Versuch, sich mir zu entziehen, ließ er sich von mir abwaschen – was ich zuerst behutsam und dann, während ich mich buchstäblich durch Schichten von Schmutz arbeitete, fester und fester tat.

Nach geraumer Zeit und nach etlichen Gängen ins

Badezimmer, wo ich die Waschlappen sauberspülte, hatte ich sein Fell so weit abgeschrubbt, dass ich eine verblüffende Entdeckung machte: Unter all dem Dreck war er weder gelbbraun noch grau, sondern – weiß.

Ich konnte meine Begeisterung nicht verbergen, worauf der nun einigermaßen saubere Schwanz sich zum ersten Mal während der ganzen Prozedur regte. »Was für eine Farbe hast du denn erwartet?«, wollte er wissen. »Purpurrot?« – »Aber du warst so *schmutzig*!«, protestierte ich. »Weiß hätte ich auf keinen Fall erwartet.«

Als ich ihn in einen leidlich präsentablen Zustand gebracht und mit dem Badetuch trockengerieben hatte, stand ich auf und nahm ihn in Augenschein. Mit seinen grünen Augen im Verein mit dem nun relativ sauberen weißen Gesicht sah er zum ersten Mal schön aus. Ja, ich fand ihn in diesem Augenblick so schön, dass mich der Drang überkam, ihn einfach anzuschauen. Ich wusste, dass es den meisten Tieren nicht behagt, wenn sie angestarrt werden, und dass sie, wenn ein Mensch sie anstarrt, zumeist wegblicken. Er aber sah nicht weg, sondern erwiderte meinen Blick unverwandt. Noch einmal bückte ich mich und drückte ihn an mich.

Es klingelte wieder, und draußen stand natürlich Mrs. Wills. Doch als ich sie ins Wohnzimmer führte, hatte sich der Kater wieder an seinen Zufluchtsort zurückgezogen.

Ich reichte Mrs. Wills die Taschenlampe. Inzwischen war sie schon daran gewöhnt, dass seine Inaugenscheinnahme verlangte, sich auf Hände und Knie niederzulassen. Sie knipste die Taschenlampe an und steckte entschlossen den Kopf unters Sofa. »Mein Gott«, rief sie gleich darauf, »er ist ja weiß!« Ihr Gesicht wandte sich mir mit einem misstrauischen Ausdruck zu. »Sind Sie sicher«, fragte sie, »dass das derselbe Kater ist?« Ich versicherte es ihr und deutete zum Beweis auf den Haufen der Waschlappen und Handtücher, der auf der Herdplatte in der Küche lag. »Nicht zu glauben«, sagte sie.

»Es war gar nicht weiter schlimm«, sagte ich mit einem Achselzucken. »Man muss sich nur auskennen und ausdauernd sein. Aber Sie hatten recht, Mrs. Wills. Weiße Katzen machen wirklich eine Heidenarbeit.«

Mrs. Wills achtete nicht auf mich. Stattdessen versuchte sie, unter dem Sofa einen Kontakt herzustellen. Wieder und wieder lockte sie – ja, sie rief jeden Namen bis auf Schmutzelchen. Natürlich blieb alles wirkungslos. Sie streckte die Hand aus. Der Kater rückte weg. Wieder streckte sie die Hand aus. Der Kater rückte weiter weg. Dieses stilisierte »Duett« ging einige Zeit so. Dann rappelte sich Mrs. Wills hoch und setzte sich in einen Sessel. Ich registrierte, dass sie einen wählte, der dem Sofa gegenüberstand. Ich nahm neben ihr Platz.

»In meinem ganzen Leben ist es mir noch nicht passiert, dass ein Tier so auf mich reagiert«, sagte sie. »Zumindest auf halbem Weg sind sie mir immer entgegengekommen. Ich hab mich bisher mit Tieren immer gut vertragen.«

Ich sagte zu ihr, das sei ja das Problem. Er glaube, sie wolle ihn forttragen. Mrs. Wills ignorierte mein schlechtes Wortspiel. »Ich habe noch nie ein Tier gesehen, das dermaßen scheu war.«

Ich hätte einmal einen Lehrer gehabt, gab ich zum Besten, der uns gesagt habe, es gebe nichts Trügerischeres als Schüchternheit und Scheu. Schüchterne Menschen fielen oft nur ihrer Einbildung zum Opfer: Sie glaubten, alle Leute blickten auf sie, dabei sei dies natürlich gar nicht der Fall.

Mrs. Wills sah mich jetzt an, als hätte ich zwei Köpfe. Aber die Katze beschäftigte sie noch immer. »Sie ist so hübsch«, sagte sie. »Jennifer würde sie sicher ins Herz schließen.«

Es war an der Zeit, sämtliche Register zu ziehen. Natürlich, sagte ich, sei es möglich, dass es sich nicht nur um Scheu handle – genau könne man das nie sagen. Eventuell aber sei es etwas anderes. Ich gab ihr zu bedenken, dass weiße Katzen schließlich Albinos und deswegen vielfach taub seien.

»Taub!«, rief sie. »Wollen Sie damit sagen, dass er mich vielleicht nicht hören kann?«

Ich sagte ihr, das sei durchaus denkbar.

Zum ersten Mal wirkte Mrs. Wills unschlüssig. »Ich weiß eigentlich nicht viel über weiße Katzen«, gestand sie.

Ich stieß rasch nach.

»Aber es geht nicht nur um die Taubheit«, sagte ich, »sondern auch um die Probleme mit der Haut. Weiße Katzen können nämlich schreckliche Schwierigkeiten mit ihrer Haut bekommen.«

Jetzt war ihr sichtlich unbehaglich zumute. »Nun ja«, fuhr ich erbarmungslos fort, »die Sache ist sicher nicht ansteckend. Wie alt ist Ihre Jennifer?«

»Zehn«, antwortete sie besorgt.

»Sie könnte vielleicht Handschuhe anziehen«, regte ich an. »Hautprobleme können eine Katze natürlich irritieren und bösartig machen. Zum Glück ist der Kater ja nicht sehr groß. Aber wütend kann er zweifellos werden.« Ich deutete auf die Kratzer an meinem Gesicht und Hals. »Er hat mich ordentlich zugerichtet, aber zum Glück wenigstens meine Augen nicht erwischt. Trägt Jennifer eine Brille?«

Mrs. Wills' Augen blickten mich jetzt starr an. »Es war natürlich nicht der Rede wert«, sagte ich, »und Ruth Dwork hat das Blut rasch gestillt.« Nach einer Pause fuhr ich fort: »Trotzdem finde ich, es wäre nicht ratsam, Jennifer mit ihm allein zu lassen, zumindest am Anfang.«

Mrs. Wills' Blick wanderte zur hintersten Ecke unter dem Sofa. »Aber«, sprach ich weiter, »er wird ja zunächst ohnehin mehrere Monate lang meistens beim Tierarzt sein. Sie hatten ganz recht mit seiner schiefen Haltung. Er braucht mindestens *eine* Operation, das ist klar.«

Mrs. Wills schwieg lange Zeit. Dann breitete sich langsam ein Lächeln auf ihrem Gesicht aus. »Mr. Amory«, fragte sie, »haben Sie vor, den Kater selbst zu behalten?«

Nun war es an mir zu lächeln. »Aber, Mrs. Wills«, sagte ich, »wie kommen Sie denn auf diese Idee?«

Sie erhob sich und nahm den Katzenkoffer. »Das sagt mir mein kleiner Finger«, antwortete sie. Ich wollte mich dafür entschuldigen, dass sie sich zweimal die Mühe hatte machen müssen, in meine Wohnung zu kommen. »Lassen Sie's gut sein«, sagte sie. »Und rufen Sie Ruth Dwork nicht an. Ich möchte mir nicht den Spaß entgehen lassen, ihr selbst zu erzählen, wie sich alles abgespielt hat.« Sie legte eine letzte Pause ein. »Ich wünsche Ihnen mit Ihrem Kater alles Glück auf der Welt.« Sie lächelte maliziös und versetzte mir einen letzten Stich. »Nach dem zu schließen, was Sie mir über ihn erzählt haben«, sagte sie, »werden Sie es gebrauchen können. Schöne Weihnachten.«

Inzwischen näherte sich die Mittagszeit, und ich hatte eine Verabredung. Als ich wieder ins Wohnzimmer trat, um mich von dem Kater zu verabschieden, saß er wie vorher in der Mitte des Zimmers. Der Eingebung des Augenblicks folgend, beschloss ich, dass nun ein erstes Gespräch von Mann zu Kater angebracht sei. Ich teilte ihm mit, dass ich seit einiger Zeit als Junggeselle lebte. Und abgesehen von ein, zwei herrenlosen Tieren, die gelegentlich einige Zeit hier gewesen seien, hätte ich allein gelebt. Zugleich sei mir ja bekannt, dass er – ich drückte es möglichst taktvoll aus –, nun ja, in der Wildnis gelebt habe und deshalb gewohnt sei, sich selbst durchs Leben zu schlagen und in einem gewissen Sinn ebenfalls allein zu leben. Wir seien beide gewohnt, unsere eigenen Entscheidungen zu treffen. Wenn wir aber fortan auch nur einigermaßen harmonisch zusammenwohnen wollten, müssten beide Seiten zu Kompromissen bereit sein.

Ich zum Beispiel müsse lernen, dass er seine Bedürfnisse hatte, und müsse auch unterscheiden lernen, wann er Gesellschaft haben und wann er für sich sein wolle. Und er seinerseits, fuhr ich fort, müsse in meinem Fall das Gleiche respektieren. In beinahe allen Dingen, sagte ich, könnte und sollte es ein wechselseitiges Geben und Nehmen sein. Doch in denjenigen Fällen, in denen wir unterschiedlicher Meinung wären und eine Lösung gefunden werden müsste, könnte nur einer von uns beiden die Entscheidung treffen. Und dies würde mir zufallen.

Bei diesen letzten Worten begann sein Schweif, der sich anfangs gemächlich bewegt hatte, rascher auf und ab zu gehen. Der Kater erwog offensichtlich meine Äußerungen, war aber keineswegs voll damit einverstanden. Ich hatte keine Ahnung, was in seinem Kopf vorging, aber irgendwie schien meine Ansprache so kompliziert, dass er erst darüber Rat halten musste. Und seine Idee von einem Rat bestand darin, dass er zunächst wegblickte, dann gähnte und sich schließlich zu putzen begann. Die Zeichen waren nicht zu missdeuten: Solange sein Rat tagte, war er keinesfalls gewillt, sich zu einer übereilten Entscheidung drängen zu lassen.

Plötzlich schien es mir von grundlegender Bedeutung für unsere gemeinsame Zukunft, dass ich mich von einer solch legalistischen Denkweise nicht überfallen ließ. Streng teilte ich ihm mit, es wäre ratsam, dass er sich ein für alle Mal Folgendes klarmache: Junggesellen stünden in dem Ruf – und ich betonte das mit großem Nachdruck –, sehr eigenwillig in ihren Lebensgewohnheiten zu sein.

Diesmal kam die Antwort zusammen mit dem Klapp-klapp des Schwanzes unverzüglich. Und genauso eigenwillig, erwiderte er mit derselben Nachdrücklichkeit, seien Katzen.

3
Der große Kompromiss

Vor einigen Jahren schrieb Aldous Huxley einen kurzen Essay, der folgendermaßen beginnt:

»Unlängst lernte ich einen jungen Mann kennen, der Romancier werden wollte. Da er wusste, dass dies mein Metier ist, bat er mich um Rat, wie er es anstellen solle, ans Ziel seines Strebens zu gelangen. Ich bemühte mich nach Kräften, ihn aufzuklären. ›Als Erstes‹, sagte ich, ›muss man eine ordentliche Menge Papier, ein Fässchen Tinte und einen Federhalter kaufen. Danach brauchen Sie nur noch zu schreiben.‹

Doch das genügte meinem jungen Freund nicht. Er hatte anscheinend die Idee, es gebe sozusagen ein esoterisches Kochbuch voll literarischer Rezepte, die man nur sorgfältig zu befolgen brauche, um ein Dickens, ein Henry James, ein Flaubert zu werden …

… Ob ich ein Notizbuch habe oder ein Tagebuch führe, fragte er. Ob ich systematisch die Salons der reichen und eleganten Leute frequentiere ... Oder ob ich meine Abende damit verbrächte, in den Bars im East End nach ›Material‹ Ausschau zu halten ...

Und so weiter. Ich gab mir redlich Mühe, diese Fragen zu beantworten – natürlich möglichst unverbindlich. Und da der junge Mann noch immer recht enttäuscht dreinsah, erteilte ich ihm schließlich als Gratisbeigabe einen Ratschlag. ›Mein junger Freund‹, sagte ich, ›das Beste, was Sie tun können, wenn Sie psychologische Romane und über Menschen schreiben wollen, ist, sich ein paar Katzen zu halten.‹ Und damit verabschiedete ich mich von ihm.«

Wenn ich diesen Aufsatz gelesen hätte, bevor ich meinen Kater von der Straße holte, hätte ich vermutlich gedacht, bei Huxley sei eine Schraube locker gewesen. Doch nach dem ersten Weihnachtsabend in Gesellschaft meiner weißen Katze musste ich mein Vorurteil aufgeben – erst recht nachdem sie schon in der zweiten Nacht plötzlich aufs Bett gesprungen, würdevoll zu meinem Kopf hinaufmarschiert war und sich dann an meinen Hals geschmiegt hatte. Danach konnte ich mir keinerlei Urteil über Huxley mehr anmaßen.

Ob ich nun, bewusst oder unbewusst, Aldous Huxleys Rat folgte oder es einfach aus Freude tat – in den ersten Tagen zusammen mit meinem Kater verbrachte ich viel Zeit damit, ihn einfach nur zu betrachten, auch dann, ja ganz besonders dann, wenn er schlief. Katzen schlafen erstaunlich viel – nahezu drei Viertel des Tages nach meiner Schätzung, die kurzen Nickerchen, die für sie so typisch sind, eingerechnet. Mein Kater jedoch schlief in diesen ersten Tagen noch mehr – wohl, um die vielen Stunden wettzumachen, die er in seinem vorigen Leben gezwungenermaßen wach und wachsam hatte bleiben müssen. Ich nahm auch an, dass er nun mehr schlief, weil er glücklich war. Ich glaubte bereits damals fest an die Theorie, dass das Schlafen eine der Ausdrucksformen ist, mit denen Katzen zeigen, dass sie zufrieden sind.

Während er schlief, träumte mein Kater offensichtlich manchmal. Dann zuckte er, oft nur schwach, doch zuweilen heftig, wobei sich Vorder- und Hinterpfoten bewegten – manchmal sogar so stark, dass er sich selbst weckte. Wenn er auf diese Weise aufgeschreckt wurde, war er gleich hellwach. Sobald er sich dann, nach einem kurzen Blick in die Runde, vergewissert hatte, dass er aus der Traumwelt in die Realität zurückgekehrt war, gab er einen matten Seufzer von sich und schlief sofort wieder ein.

Ich habe viel darüber gelesen, wovon Tiere träumen, doch nichts hat mich so richtig überzeugt. Nach meiner Ansicht träumen sie genau wie wir von allem, was in ihrem Leben geschieht. Sie träumen gute und böse Träume in – genau wie bei uns – beinahe direkter Entsprechung dazu, ob ihr zurückliegendes Leben gut oder schlecht verlief. Doch da es die meisten Tiere leider so viel schwerer haben als wir, nehme ich an, dass sie, sofern sie nicht besonders glücklich dran sind, überwiegend schlecht träumen.

Ich glaube auch nicht, was ich ebenfalls gelesen habe: dass Tiere sich nicht an bestimmte Dinge erinnern, weil sie ein kürzeres Gedächtnis haben als wir. Zum einen glaube ich nicht, dass ihr Erinnerungsvermögen nicht so weit zurückreicht wie das unsrige – eher reicht es wohl noch weiter zurück. Und zum andern bin ich der Meinung, dass sie sich an ihre Träume genauso gut erinnern wie wir, vielleicht sogar noch besser. Ich zum Beispiel behalte einen Traum ganz schlecht. Wenn ich mich nicht im Augenblick des Erwachens auf das konzentriere, was ich geträumt habe, kommt es wirklich selten vor, dass ich es nach dem Frühstück noch weiß. Dagegen kann ich an der Art, wie mein Kater seine Denkerposition einnimmt – Vorderpfoten unter sich, Kopf gerade nach vorne gerichtet, aber die Augen halb geschlossen –, erkennen, dass er sich zweifellos noch lange nach dem Frühstück an seine Träume erinnern kann. Dass er nicht schon vor dem Frühstücken über sie nachdenkt, liegt einzig und allein daran, dass er um diese Zeit nur das Frühstück im Kopf hat. Seine Denkprozesse verlaufen sehr geordnet.

Wovon er in diesen ersten Tagen träumte, konnte ich anhand dessen, was ich über sein Leben wusste, leicht erraten. Zunächst einmal sagten mir seine Zähne und andere Merkmale, dass er ungefähr zwei Jahre alt war. Nach seinen Verletzungen, seiner Magerkeit und allgemein schlechten Verfassung zu schließen, hatte er mit ziemlicher Sicherheit wenn nicht sein ganzes Leben, so doch den größten Teil davon auf der Straße verbracht. Doch wie lange hatte er bereits das Leben eines Einzelgängers geführt, als ich ihn fand? Er musste doch wenigstens einige Zeit mit anderen Katzen zusammen gewesen sein, zumindest damals, als er selbst noch ein kleines Kätzchen war. Oder war er entlaufen oder vielleicht ausgesetzt worden? Das alles waren Fragen, auf die ich nie eine Antwort bekommen würde.

Auf den Straßen, als herumstreunende Tiere, haben Katzen Hunden manches voraus. Sie sind flinker und können bei Gefahr rascher flüchten. Sie sind gewitzter im Auffinden von Verstecken und können sich, da sie kleiner sind, auch leichter unsichtbar machen. Sie sind geschickter in der Nahrungssuche und wissen besser zu unterscheiden, was ihnen bekommt und was nicht.

Doch damit enden die Vor- und beginnen auch schon die Nachteile. Katzen sind besonders reinliche Tiere und sehr empfindlich, ja sogar wählerisch, was ihre Umgebung betrifft. Ein Leben in Lärm, Schmutz und Unordnung ist für sie schwer zu ertragen. Und das vagabundierende Leben macht es für sie ungleich schwieriger, sich zu verteidigen. Streunende Katzen tun sich wie streunende Hunde der größeren Sicherheit halber oft zusammen, doch da sie ein individuelleres Territorialverhalten zeigen, neigen sie eher als Hunde dazu, gegeneinander zu kämpfen. Und obwohl es vorkommt, dass sie sich zusammen mit anderen Katzen verstecken, so bilden sie doch, anders als Hunde, nie Rudel und kämpfen auch nie zusammen gegen gemeinsame Feinde. Und zu diesen Feinden gehören schließlich nicht nur all die Feinde, die auch Hunde haben, sondern diese selbst noch obendrein.

Außerdem ist zu bedenken, dass es zwar ebenso viele Katzen- wie Hundeliebhaber gibt, dass aber viel mehr Leute gegen Katzen als gegen Hunde sind. Bei Menschen, die für Tiere nichts übrighaben, findet man eine gewisse Voreingenommenheit gegen Hunde, aber die Abneigung gegen Katzen geht viel tiefer. Manche Kinder, es ist leider wahr, binden Hunden Konservendosen und Knallfrösche an die Schwänze, aber sie lassen sich dazu oft nur von der Furcht, sie könnten gebissen werden, hinreißen. Eine in die Enge getriebene Katze hingegen gilt nicht als gefährlich und wird als Freiwild betrachtet. Selbst junge Kätzchen bleiben von Grausamkeiten nicht verschont. Die keineswegs schlimmste, wenn auch wohl die dümmste dieser Quälereien besteht darin, dass Leute Katzen packen und sie aus großer Höhe in die Tiefe fallen lassen, um zu sehen, ob sie wirklich auf den Pfoten landen.

Irgendwelche Leute hatten mit Gegenständen nach meinem Kater geworfen und ihn damit ernstlich verletzt. Was sonst noch, fragte ich mich immer wieder, mag man ihm angetan haben? Mir fiel ein Film über einen Tag im Leben einer streunenden Katze ein, den ich viele Jahre vorher gesehen hatte. Eine Szene daraus – aufgenommen in Augenhöhe einer Katze – ist mir immer in Erinnerung geblieben. Sie zeigte die Katze, wie sie nachts eine Autobahn in Kalifornien zu überqueren versuchte. Das Tier hielt nach irgendeiner Möglichkeit Ausschau, über die vielen Fahrspuren zu kommen – im Tohuwabohu des tosenden Lärms, der blendenden Scheinwerfer, der vorbeirasenden Pkws und der Lastwagenmonster.

Nach dem Film wünschte ich, dass wir alle irgendwann in unserem Leben aus der Perspektive eines kleinen Tieres kauernd oder vielmehr liegend die Welt betrachten müssten, damit uns klar wird, wie riesig und furchteinflößend alles auf dieses Geschöpf wirken muss. Wie gewaltig mochte ich an jenem allerersten Abend meinem Kater erschienen sein, als ich mich aufrichtete und ihn in meinen Mantel stopfte!

Sein Verhalten mir gegenüber in jenen ersten Tagen war faszinierend. Immer wieder, nicht nur durch die lebendige Sprache seines Schweifs, sondern noch deutlicher dadurch, dass er sich sachte an meinen Beinen rieb, brachte er seine große Dankbarkeit dafür zum Ausdruck, dass ich ihn vor der Straße gerettet hatte. Doch zugleich führte er mir auf verschiedene Weise – indem er meine Gesellschaft verschmähte oder anklagend miaute, wenn ich ihn zu lange allein gelassen hatte – vor Augen, dass ich seine Dankbarkeit in keiner Weise missverstehen solle. Sie bedeute mitnichten Nachsicht mit etwas, was für ihn jeden Tag schmerzlicher offenbar wurde: dass ich in der Kunst, mit ihm auf eine halbwegs zivilisierte Weise zusammenzuleben, noch unglaublich viel zu lernen hatte.

Wie sicher jeder weiß, der längere Zeit Umgang mit ihnen hatte, zeigen Katzen eine unendliche Geduld mit der Begrenztheit des menschlichen Geistes. Sie sind sich bewusst, dass sie sich wohl oder übel mit unserem für sie qualvoll langsamen Auffassungsvermögen abfinden müssen. Sie müssen in Kauf nehmen, dass wir Menschen peinlich niedrige Intelligenzquotienten haben und vermutlich wegen dieses Defekts außerstande sind, auch nur die simpelsten und klarsten Weisungen zu verstehen, geschweige denn zu befolgen.

Als wäre all das nicht schon ärgerlich genug, müssen sie sich auch noch auf etwas einstellen, das für sie beinahe ebenso frustrierend ist: auf unsere enormen physischen Mängel. Es ist einfach so, dass wir Menschen trotz all unserer für Katzen grotesken Körpermaße unglaublich langsam und unbeholfen sind. Wir sind total unfähig zu einem ordentlichen Sprung in die Weite oder in die Höhe oder zu einem anständigen Tatzenhieb, ja selbst zu fast jedem anderen simplen Manöver, das uns zu einem halbwegs passablen Spielkameraden machen würde. Den Beweis für diese unsere Unzulänglichkeiten zu erbringen ist nicht schwer. Jede Katze, die auf sich hält, kann beispielsweise mühelos aus dem Stand auf den Kaminsims springen – eine Sprunghöhe, siebenmal so groß wie ihre eigene Körpergröße oder noch mehr. Der Rekord des Menschen im Hochsprung hingegen, für den wir sogar einen Anlauf machen dürfen, beträgt knapp das Doppelte unserer eigenen Größe. Und da Katzen in Augenhöhe sehen können, woher unsere kümmerlichen Kräfte kommen – ich spreche von unserem Fußgelenk –, liegt es für sie offensichtlich nahe, unseren Fuß mit ihren eigenen zierlichen, zartsehnigen Hinterbeinen zu vergleichen.

Ist es, um diesen Gedanken einen Schritt weiterzuführen, deshalb nicht denkbar, dass Katzen die armselige Langsamkeit unserer Beine mit einem langsamen Denken assoziieren? Anders ausgedrückt: Wieso sollte sich eine solche massive körperliche Benachteiligung nicht auch geistig auf uns auswirken? Ob dem nun so ist oder nicht, Katzen erkennen anscheinend schon früh, dass ihre Aufgabe, uns zu schulen, nicht leicht und nur dann zu erfüllen ist, wenn sie ihrerseits mit ungewöhnlicher Entschlossenheit und Hingabe zu Werke gehen. Sie spüren, dass es für sie unabdingbar ist, jede Gelegenheit zur Erziehung und Korrektur zu nutzen, da wir sonst, unserer trägen Art entsprechend, sofort in unsere schlechtesten alten Gewohnheiten zurückfallen. In dieser Hinsicht, habe ich mir sagen lassen, ähnelt ihre Aufgabe der von Ehefrauen.

Da ich selbst immer Hunde hatte, habe ich lange die Theorie vertreten, dass im Allgemeinen Männer Hunde bevorzugen und Frauen mehr für Katzen übrighaben. Vor meiner Katzenzeit hatte ich diese These sogar mit, wie ich immer fand, unanfechtbarer Logik vertreten – männlicher Logik natürlich.

Mein Ausgangspunkt war die schlichte Tatsache, dass Katzen ein Katzenklo benutzen. Für Frauen ist dies ein unumstößlicher Beweis für die Überlegenheit der Katzen- über die Hundenatur; ganz davon abgesehen, dass es sie der Notwendigkeit enthebt, das Tier bei unfreundlichem Wetter spazieren zu führen und sich dabei die Frisur zu verderben. Für Männer hingegen handelt es sich dabei um eine bekannte Eigenheit von Katzen, doch kaum um mehr als das. Ich selbst habe es als etwas Selbstverständliches betrachtet, dass mein Kater, wie er es auch tat, bereits am ersten Abend in meiner Wohnung die Katzentoilette benutzen würde. Ich kam nicht einmal auf den Gedanken, dass das mit Zeitungsfetzen ausgepolsterte Provisorium, das Marian und ich eingerichtet hatten, durchaus die erste gewesen sein könnte, die der Kater jemals zu sehen bekam.

Ferner nimmt die Katze die Frauen mit ihrer Fähigkeit für sich ein, dass sie sich nicht nur selbst sauber halten kann, sondern auch das Verlangen danach hat und sich im Verlauf eines Tages sogar wiederholt putzt. Dies wirkt auf Frauen, von denen nach meiner Erfahrung viele dem Baden den Vorzug vor jeder anderen Beschäftigung geben, einfach unwiderstehlich.

Doch obwohl alle diese Punkte wesentliche Bestandteile meiner Theorie waren, handelte es sich dabei doch um vergleichsweise geringfügige, oberflächliche Dinge. Der springende Punkt meiner Theorie und Logik betraf etwas viel Wichtigeres, nämlich dass Frauen Katzen deswegen den Vorzug vor Hunden gäben, weil sie sich mit der Unabhängigkeit der Katzen identifizierten, und zwar deshalb, weil sie selbst – zumindest bis vor relativ kurzer Zeit – so wenig davon hatten.

Die Männer hingegen hatten für das Unabhängigkeitsstreben der Katze nicht nur nichts übrig, sondern verabscheuten es. Unendlich viel näher stand ihrem Herzen das Bild des anhänglichen Hundes, zusammengerollt zu ihren Füßen, des treuen Kameraden, der ohne Zögern jeder Laune seines Herrn gehorcht, ihn überallhin begleitet – auf Spaziergänge, beim Jogging, beim Laufen – und der vor allem kommt, wenn er gerufen wird, einerlei, womit er selbst gerade beschäftigt ist, sogar wenn er Jagd auf eine Katze macht.

Dass die Katze hingegen auch den einfachsten Befehl nicht einmal zur Kenntnis nimmt, geschweige denn geruht, ihm zu folgen, und dass sie, wenn gerufen, nur selten, wenn überhaupt erscheint, auch wenn sie mit nichts anderem beschäftigt ist – all dies war für die Männer nicht nur beunruhigend, es konnte auch nur eines von zwei Dingen bedeuten: entweder dass sie die Männer nicht liebte oder, schlimmer, dass sie Teilnehmerin an jener Revolution war, die schließlich nicht nur zur Gesetzlosigkeit auf den Straßen, sondern auch zur Anarchie in ihren eigenen vier Wänden führen würde.

Lange, wie gesagt, hatte ich an dieser Theorie festgehalten. Doch bereits vierundzwanzig Stunden nachdem ich meinen Kater hatte, war ich mir nicht mehr so sicher. Und wenn mir etwas gegen den Strich geht, dann die bittere Pille schlucken zu müssen, dass eine meiner Gewissheiten plötzlich ins Wanken gerät. Jedenfalls kam ich zu dem Schluss, dass ich es meinem Kater schuldig sei, ihm reinen Wein einzuschenken – oder ihn zumindest darüber aufzuklären, wie meine Vergangenheit in der Vor-Katzen-Ära ausgesehen hatte.

Etwa zur gleichen Zeit, als ich diesen Entschluss fasste, traf sonderbarerweise mein Kater, schon zu dieser Zeit ständig nach Gelegenheiten Ausschau haltend, mich zu erziehen und nötigenfalls umzuerziehen, ebenfalls eine Entscheidung. Wir waren auf Kollisionskurs.

Die Sache spitzte sich am zweiten Weihnachtsfeiertag zu. Den Anlass lieferte ein Geschenk, das Marian ihm am Abend vorher mitgebracht hatte – ein Wollknäuel, abgezweigt von dem Haufen der Geschenke für die Katzen in unserem Büro. Obwohl mein Kater in seinem jungen Leben zweifellos schon mit vielen Dingen gespielt hatte, machte mir die Art, wie er mit diesem Knäuel umging, sofort klar, dass er noch nie ein richtiges Spielzeug gehabt hatte.

Den ganzen Abend über war er damit beschäftigt, das Knäuel umherzuwerfen, zu beißen und zu quetschen – und natürlich kam es ihm abhanden. Und wenn das geschah, war es offensichtlich meine Aufgabe, es ihm wiederzubeschaffen. Dabei hatte ich den Eindruck, dass er genau wusste, wo es sich befand, etwa irgendwo unter dem Sofa in einem Winkel, aus dem er es viel leichter als ich hätte hervorholen können.

Und als ich ungefähr das achte Mal meines Amtes als Laufbursche waltete, empfing ich die erste meiner

Erleuchtungen, wie ich ihn dressieren könnte. Ich hatte einmal einen Artikel von einem Mann gelesen, der anscheinend viele Katzen abgerichtet hatte, und erinnerte mich an seinen Ratschlag, der Hausgenosse einer Katze solle nicht, wie bei Hunden, Befehle wie »Setzen!«, »Hinlegen!« oder »Stell dich tot!« erteilen, sondern stattdessen »Setz dich!«, »Leg dich aufs Ohr!« und »Schlaf ein!« verwenden. Außerdem sei, trotz dieser Variationen, manchmal ein »kleiner Anstoß« notwendig. Mit diesen Informationen ausgerüstet und fest entschlossen, unsere Spielstunde auch zum Lernen zu nutzen – was mir das erhebende Gefühl gab, ein Pionier der modernen Erziehungstheorien zu sein –, warf ich diesmal das Wollknäuel, nachdem ich es geholt hatte, nicht zu ihm hin, sondern ein Stückchen weit weg von ihm. »Hol dir's!«, sagte ich in ernstem Ton zu ihm. »Hol's!« Und dies ergänzte ich durch den »kleinen Anstoß«, in diesem Fall einen Schubser, während ich mir zugleich leicht ans Bein klopfte. Meine Absicht war kristallklar. Er sollte sich das Knäuel holen und es mir bringen.

Seine Antwort auf diesen Plan – der ihn dazu überlisten sollte, selbst das Knäuel zu holen, und zugleich dafür gedacht war, klare Verhältnisse zu schaffen – war verwirrend. Statt auch nur einen Augenblick lang zu erwägen, ob er meinem Wunsch entsprechen solle, hatte er offensichtlich auf der Stelle beschlossen, meinen Meisterplan in eine Lernerfahrung zu verwandeln – allerdings eine, die mir, nicht ihm zugedacht war.

Als Erstes setzte er sich, sah erst das Knäuel und dann, mit strenger Miene, mich an. Langsam und kräftig schlug der Schwanz auf den Boden, nicht ein-, sondern zweimal. Katzen, so versuchte er mir geduldig, doch entschieden beizubringen, holen nichts, apportieren nichts und tun auch keines von jenen unglaublichen Dingen, wie sie vielleicht andere Tiere tun, deren Namen er vor den Anwesenden offensichtlich lieber nicht aussprach.

Ich muss völlig verdattert gewirkt haben, während er mich weiterhin mit seinen grünen Augen fixierte. Und in noch geduldigerem Ton klärte er mich auf, es sei ja keineswegs so, dass Katzen nicht gerne spielten. Sie spielten sogar sehr gern und viel hingebungsvoller als irgendwelche jener bewussten Tiere, die er vorher nicht hatte beim Namen nennen wollen. Doch es müssten Spiele sein, die *sie*, die Katzen, spielen wollten, und ihnen selbst müsste die Initiative überlassen werden.

Offenbar war die Zeit für ein weiteres unserer Gespräche von Mann zu Kater gekommen. »Komm hierher«, sagte ich. Und ich wiederholte das »Komm«, um jede Unklarheit zu beseitigen.

Diesmal sah er mich an, als glaubte er, nicht recht gehört zu haben. Dieses »Komm« war wirklich des Guten zu viel. Er hatte es eindeutig mit einem Menschen zu tun, der, wie man so schön sagt, nicht alle Tassen im Schrank hat. Aber er war tolerant und bereit zu tun, was er konnte, um meine Verhaltensmuster zu bessern. Um jede Möglichkeit eines Missverständnisses auszuschließen, wollte er mich wiederholen lassen, was ich da von mir gegeben hatte. Aber damit, sprach sein Schwanz warnend, hätte es sich dann auch.

Ich antwortete, dass ich meinte, was ich gesagt hätte. Und was mich betreffe, stehe jetzt nur eine einzige Frage zur Debatte: ob er es tun werde.

Katzen kennen kein Kopfschütteln. Sie brauchen es nicht. Stattdessen wedeln sie mit dem Schwanz, und dies tat er jetzt, und zwar mit – ich habe kein anderes Wort dafür – Endgültigkeit. Katzen, erklärte er eindeutig, kommen nicht, wenn man sie ruft. »Aha!«, sagte ich. *»Nie?«* Und wenn es sich um etwas handle, was sie gern hätten – beispielsweise etwas zum Knabbern?

Er seufzte sichtbar. Das, versuchte er mir klarzumachen, sei ein ganz anderer Fall. Wenn unsere Diskussion überhaupt einen Sinn haben solle, möge ich doch bitte beim Thema bleiben.

Nun war es an mir zu seufzen. Ohne im Geringsten zuzugeben, dass sein Essen mit dem vorliegenden Fall nichts zu tun habe, bat ich ihn, das jetzt erst einmal zu vergessen und mir nur eine einzige Frage zu beantworten: Warum er nicht kommen wolle.

Diesmal hätte seine Antwort in gesprochener Form nicht klarer ausfallen können. Es gehe, gab er zu verstehen, ums Prinzip.

Das hatte mir gerade noch gefehlt »Prinzip, so ein Blödsinn!«, sagte ich. Ich sei in meinem Leben schon vielen Katzen begegnet, und ich sei, ob es ihm gefalle oder nicht, auch schon sehr vielen von den Tieren jener anderen Sorte begegnet, die er ungenannt lassen wolle. Und, schloss ich in energischem Ton, die Sorte Tier, die ich am liebsten hätte, sei die, die tatsächlich komme, wenn man etwas so Einfaches wie »Komm!« sagte.

Darauf äußerte er geraume Zeit nichts. Das Schweigen dehnte sich derart lange, dass ich ernstlich fürchtete, ich könnte unserer Beziehung dauernden Schaden zugefügt haben. Wahrscheinlicher aber war, dass er nur über die entsetzliche Vorstellung nachgrübelte, dass ein Mensch wie ich einen so großen Teil seines Lebens in Gesellschaft einer in seinen Augen eindeutig minderen Spezies verschwendet hatte. Wie auch immer – die Diskussion fand ein Ende, als er mir sozusagen ein Ultimatum stellte. Anmutig und träge stand er auf, ging an dem Wollknäuel vorbei und ließ sich am anderen Ende des Zimmers wieder gemütlich nieder. Katzen, sagte er mit einem Gesichtsausdruck, der an Deutlichkeit nichts zu wünschen übrigließ, KATZEN KOMMEN NICHT AUF BEFEHL.

Nun war es an mir, Geduld zu üben. Einverstanden, sagte ich, wenn ich schon ohne eigenes Verschulden zufällig so viel Zeit mit einer minderen Spezies zugebracht und dadurch gewisse starre Denkgewohnheiten entwickelt hätte und wenn ich infolge besagter Denkgewohnheiten leichter mit einem Freund zurechtkäme, der auf die Aufforderung zu kommen, nun ja, eben kam, könnte er dann nicht einsehen, wie es mich belastete, diese Denkgewohnheiten praktisch über Nacht ändern zu müssen? Und könnte er angesichts dessen nicht hin und wieder meiner beschränkten Geistesverfassung ein Zugeständnis machen und auf meine Aufforderung »Komm!« – nun ja …

Er gähnte und begann sich zu putzen. Offensichtlich war für ihn unsere Diskussion beendet und die Sache dem Rat vorgelegt worden. Und ebenso lag auf der Hand, dass mit einer alsbaldigen Entscheidung nicht zu rechnen war. Und nach dem Mangel an Energie zu schließen, mit dem er seiner Putzaktion nachging, würde die Ratssitzung zweifellos die ganze Nacht hindurch dauern.

Wie es sich dann ergab, bekam ich nie eine klare Entscheidung. Immerhin schlug ich einen Kompromiss heraus: Ich sollte niemals »Komm!« oder »Komm hierher!« oder etwas Ähnliches sagen. Außerdem sollte ich, hätte ich den Wunsch, dass er zu mir käme, niemals etwas tun, was sein Zartgefühl verletzen könnte, beispielsweise mir aufs Knie klopfen, in die Hände klatschen, pfeifen oder mit der Zunge schnalzen. Aber immerhin waren mir subtilere Andeutungen, dass um seine Gegenwart ersucht werde, erlaubt – zum Beispiel durch eine an die Welt schlechthin oder an das Zimmer im Allgemeinen gerichtete Erkundigung, wo er sich denn befinde.

Er seinerseits erklärte sich bereit, solche allgemeinen Anfragen, wenn er sie vernahm, nicht gänzlich zu ignorieren. Im Gegenteil, nachdem eine schickliche Frist verstrichen war, würde er sich würdevoll gemessen in meine Richtung in Bewegung setzen.

Auf diese Weise würde mir und der Welt insgesamt demonstriert, dass er dem geheiligten Erbe seiner Ahnen, die so lange und so ruhmvoll um ihre Unabhängigkeit gekämpft hatten, nicht untreu geworden war. Er hatte seine Pflichten nicht vergessen, war weder abgefallen, noch hatte er die Seiten gewechselt. Allein im Interesse des Strebens nach Glück, um den häuslichen Frieden und ein gedeihliches Miteinander für uns beide zu sichern, hatte er zugelassen, dass dieser vordem so bedenklich benachteiligte Mensch ihm in einem kleinen – einem winzigen – Punkt eine gewisse Ähnlichkeit mit jenem Tier zuschrieb, das er nicht auszuzeichnen gedachte, indem er es beim Namen nannte. Aber es sollte keinerlei Unklarheit darüber bestehen, dass diese Angelegenheit damit ein für alle Mal als erledigt zu betrachten sei und nie wieder aufs Tapet gebracht werden dürfe.

4
Bei der Tierärztin

In meinen Tagen als Gesellschaftskolumnist beschrieb ich einmal in einer Story, wie die inzwischen verstorbene Mrs. E. T. Stotesbury, die angesehenste Gastgeberin in Palm Beach, eines Tages ihren Ehemann abholte, der einen ausgedehnten Urlaub in Europa verbracht hatte. Mrs. Stotesbury hatte die Zeit seiner Abwesenheit dazu genutzt, an ihrem herrschaftlichen Landsitz in Palm Beach umfangreiche Arbeiten ausführen zu lassen, und es irgendwie versäumt, ihren Ehemann über deren gewaltige Ausmaße ins Bild zu setzen. Doch nun musste dies natürlich nachgeholt werden, und sie brachte ihm die Neuigkeit, kurz bevor sie in die Auffahrt einbogen, auf ihre Art bei. »E. T.«, sagte sie und sah ihren Mann an. »Ich habe eine Überraschung für dich.« Argwöhnisch wandte Mr. Stotesbury den Kopf und blickte seine Frau an.

»Eva«, sagte er, »Ehemänner mögen keine Überraschungen.«

Irgendwie erinnerte mich diese Geschichte an meinen Kater. Denn Katzen haben in diesem Punkt mehr mit Ehemännern als mit Ehefrauen gemeinsam. Auch sie mögen keine Überraschungen.

Hingegen haben Katzen viel für ein geregeltes Leben übrig. Und in unseren ersten gemeinsamen Tagen – und Nächten – legten mein Kater und ich viele Regeln für unser gemeinsames Leben fest. Oder vielmehr: Er legte sie fest, und ich legte mich ins Zeug, um sie zu befolgen.

Einige Regeln verlangten Kompromisse. Mein Kater war zum Beispiel ein Frühaufsteher – oft erhob er sich bereits um drei Uhr morgens. Damit war ich natürlich einverstanden. Seine Tageseinteilung, das gehörte zu unseren Abmachungen, war seine Sache. Das Dumme war nur, dass er um drei Uhr morgens gern einen Frühimbiss einnahm. Auch das bot scheinbar kein Problem; ich brauchte einfach ein Schüsselchen mit Brekkies hinzustellen, bevor ich mich aufs Ohr legte.

Leider aber hatte die Sache doch einen Haken. Ich konnte nicht einfach eine Schüssel Brekkies hinstellen, ehe ich zu Bett ging. Er würde sie vertilgen, bevor er sich aufs Ohr legte. Unglücklicherweise besaß er weder etwas von der guten altmodischen Bostoner Disziplin – obwohl ich dachte, er hätte zumindest begonnen, sie von mir zu übernehmen – noch meine gute, vernünftige Bostoner Zukunftsplanung.

Wie groß die Schüssel auch sein mochte, die ich mit Brekkies füllte, sie war leer, ehe er sich zur Nachtruhe begab.

So wurde in diesem Punkt seine Zeiteinteilung auch zu meiner, und wir schlossen einen Kompromiss. Jeden Abend vor dem Zubettgehen stellte ich ein leeres Schüsselchen auf den Boden neben meinem Bett und legte auf das Tischchen daneben eine Packung Brekkies. Um drei Uhr morgens – und darin war er überaus penibel – pflegte er aufzuwachen, sich umzudrehen und mich zu wecken. Um 3.01 Uhr drehte ich mich um, legte ein paar Brekkies in sein Schüsselchen und schlief wieder ein – beziehungsweise ich versuchte wieder einzuschlafen.

Wenn dann der Morgen wirklich kam, war ein zweiter Kompromiss notwendig. Bei diesem hieß das Problem Wasser. Die Vorstellung, alle Katzen seien wasserscheu, ist irrig. Die meisten Großkatzen lieben Wasser sogar. Ein englischer Freund von mir, John Aspinall, der in der Gegend von Canterbury einen Privatzoo unterhält, hatte außer den Tigern auch einen Swimmingpool. An heißen Tagen nahmen die Großkatzen regelmäßig ein kurzes Bad in dem Becken, und oft kam es vor, dass sie, wenn sie dabei Gesellschaft haben wollten, an Johns Haustür kamen, daran kratzten und ein Tiger-Miau von sich gaben. Dann zog John in aller Eile seine Badehose an, öffnete die Tür, und alle liefen sie schnurstracks zum Pool. Normalerweise gingen die Tiger einfach so ins Wasser, doch als sie im Laufe der Zeit öfter erlebten, wie John vom Sprungbrett ins Becken hechtete, stiegen sie selber auf das Brett und vollführten ihre Version von Johns Schwalbensprung.

Mein Kater war keineswegs vom gleichen Kaliber wie Mr. Aspinalls Katzen. Allerdings sträubte er sich nicht gegen Wasser in jeglicher Form. Nur Wasser, das von oben kam, mochte er nicht – wie Regen oder Duschbäder. Er hatte nichts dagegen, wenn es in kleinen Quantitäten, wie aus einem Hahn, kam – ja, in dieser Form sagte es ihm sehr zu. Aber es durften eben nur kleine Mengen sein. Ging es um Wasser in Massen, verlangte er es in horizontaler Ausführung. Und dann hatte er es besonders gern, wenn ich mich darin befand – in meiner Badewanne zum Beispiel. Für die Dusche hatte er nie etwas übrig, einerlei, ob ich darunterstand oder nicht.

So schlossen wir einen weiteren Kompromiss. Obwohl ich vorher immer geduscht hatte, gab ich nun diese Gewohnheit auf und legte mich stattdessen in die Wanne. In der Wanne, sagte ich mir, wird man ohnehin viel sauberer als unter der Dusche. Und ob dies nun zutraf oder nicht, ich fand großen Gefallen an diesem neuen von uns entwickelten Bade-Ritual. Dabei machte er Folgendes: Sobald ich in der Wanne lag, sprang er auf den Rand hinauf – angesichts seiner lahmen Hüfte ein heikler Sprung –, balancierte sich aus und begann dann gemessen seinen Rundgang. Er ging zuerst auf das hintere Ende der Wanne zu und blieb stehen, wenn er zu meiner Schulter kam, lehnte sich an mich, gab mir einen kleinen Nasenstüber und kniff mich spielerisch mit den Zähnen. Dann setzte er seinen Marsch fort. Sobald er das obere Ende der Wanne erreicht hatte, untersuchte er sorgfältig den Wasserstrahl, und wenn ich diesen nicht so eingestellt hatte, dass er davon ein paar Tropfen trinken konnte, wandte er sich zu mir um und wies mich an, dies zu tun. Ich gehorchte natürlich.

Eines Tages nun las ich, ich glaube in der Zeitschrift *Cat Fancy*, einen Artikel, in dem eine Frau schrieb, einer der reizendsten Einfälle ihrer Katze bestehe darin, zusammen mit ihr zu baden. Dann schilderte sie das gemeinsame Bad und beschrieb es beinahe genauso, wie ich es eben dargestellt habe – samt dem Nasenstüber, und auch wie ihre Katze den Wasserhahn untersuchte und davon trank.

Da ich der Meinung war, nur mein Kater, er ganz allein, habe solch wunderliche Gewohnheiten, war ich über den Artikel zunächst sehr verstimmt. Doch dann tröstete ich mich mit dem Gedanken, wenn diese beiden Katzen, mein Kater und die Katze der Verfasserin des Artikels, als einzige auf der Welt sich so verhielten, sei es eigentlich gar nicht so übel.

Trotzdem nagte der Zweifel an mir – so sehr, dass ich mich eines Tages an eine Katzenliebhaberin aus meinem Freundeskreis wandte und sie rundheraus fragte, ob sie schon einmal zusammen mit ihrer Katze ein Bad genommen habe. »Aber sicher«, antwortete sie prompt, »und denken Sie sich, wenn wir ins Bad gehen, tut sie etwas ganz Kurioses. Sie springt –«

Ich wisse schon Bescheid, unterbrach ich sie missmutig, denn mein Kater tue das Gleiche. Jetzt, dachte ich, sind es nicht zwei, sondern schon drei und weiß Gott wie viele sonst noch. Vielleicht gab es Hunderttausende von Katzen auf der Welt, die dasselbe Ritual durchführten, und zwar seit Hunderten von Jahren oder zumindest seit der Erfindung der Badewanne. Weiß der Himmel, vielleicht hatte sich unter den Katzen herumgesprochen: Die Menschen sind derart auf den Kopf gefallen, dass sie glauben, du bist die einzige Katze, die die Sache mit dem Baden macht. Vielleicht hatte sich sogar herumgesprochen, dass die Leute, selbst wenn sie nicht glauben, ihre Katze zeige dieses Verhalten als einzige, dadurch unfehlbar so guter Stimmung werden, dass ihr Liebling sich zumindest darauf verlassen kann, ein reichlicheres und besseres Frühstück als gewöhnlich vorgesetzt zu bekommen.

Ich wollte mich mit diesem Thema nicht länger beschäftigen. Doch da ich gerade vom Frühstück spreche, möchte ich feststellen, dass mein Kater und ich mitnichten den normalen morgendlichen Imbiss einnahmen, wie ihn der Leser einnimmt. Denn lange bevor es überhaupt in Mode kam und die oberen Ränge des Big Business es analog dem Arbeitsessen für sich beanspruchten, bahnten wir beide ganz allein dem »Arbeitsfrühstück« den Weg.

Auch dies begann mit einem Kompromiss. Mein Kater hatte sehr viel fürs Frühstück übrig, und wenn er sein eigenes verzehrt hatte, nahm er gern auch noch meines zu sich. Vergebens hielt ich ihm vor, dass er egoistisch und rücksichtslos handle. Vergebens auch hielt ich ihm vor Augen, dass ich in einem Haus aufgewachsen war, wo Tiere zu keiner Zeit Zutritt zum Esszimmer hatten, auch dann nicht, wenn gerade keine Mahlzeit aufgetragen wurde. Und was seine Angewohnheit betreffe, ohne meine Erlaubnis auf den Tisch zu steigen und hier einen Bissen, dort ein Häppchen zu naschen, von allem, wonach ihn gelüstete, von Getreideflocken bis zu Eiern oder was sonst noch, so müsse das ein Ende haben. Ich könne und würde es einfach nicht tolerieren – Punktum.

So schlossen wir abermals einen Kompromiss. Ich erklärte mich einverstanden, ihn auf den Tisch zu lassen, wenn keine Gäste da waren, und er seinerseits fand sich bereit, nichts zu sich zu nehmen, solange ich aß. Nicht fixiert war in diesem Kompromiss folgendes Problem: Wenn ich den Löffel oder die Gabel im Mund hatte und er sich nicht sicher war, ob sie dorthin zurückkehren werde, woher sie gekommen war, oder ob ich fertig war – wer war dann an der Reihe, er oder ich? Schließlich lösten wir das Problem so: Wenn sich der Löffel bewegte, war noch immer ich dran, wenn nicht, kam er an die Reihe.

Bei einem dieser Arbeitsfrühstücke bemerkte ich, dass seine Hüfte immer noch nicht in Ordnung war. Die Schnittwunde über dem Maul war gut verheilt, und die Hüfte hatte sich etwas gebessert, aber sie war keineswegs wieder ganz geheilt. Es war also höchste Zeit, dass ich ihn zum Tierarzt brachte. Ich hatte das möglichst lange hinausgeschoben, um seinen Eingewöhnungsprozess nicht zu unterbrechen. Doch nun ließ sich die Sache nicht mehr länger hinausziehen. Die Hüftverletzung war nur einer von mehreren Gründen für einen Besuch beim Tierarzt. Er musste gründlich untersucht werden, er musste geimpft und er musste – das Schlimmste von allem – kastriert werden. Ob er ins Freie kam oder nicht, ob er Umgang mit anderen Katzen haben würde oder nicht, ich, der ich seit Jahren Kastration und Sterilisation verfochten hatte, konnte mir einfach keine Katze halten, die nicht entsprechend »behandelt« war.

Außerdem schüttelte er oft heftig den Kopf. Zuerst dachte ich, das gelte manchen meiner Ideen, doch als es sich auch dann nicht gab, wenn ich ihm keinen Ratschlag erteilt hatte, erkannte ich, dass mit seinen Ohren irgendetwas nicht in Ordnung war. Das war keine Überraschung. Wie ich damals am ersten Tag zu Mrs. Wills gesagt hatte, haben die meisten weißen Katzen solche Probleme. Es war ein zusätzlicher Anlass, ihn zum Tierarzt zu bringen.

Die Tierärztin hieß Susan Thompson und war ehemals an der Tiermedizinischen Fakultät die einzige Studentin in ihrem Jahrgang gewesen. Bevor sie ihre Privatpraxis eröffnete, hatte sie in einem Tierasyl gearbeitet, dessen Vorstand ich angehörte, und ich wusste, dass sie ihr Fach nicht nur sehr gut verstand, sondern auch über eine seltene Kombination von Festigkeit und Zartheit verfügte. Zugleich befähigte sie ihre rasche Hand, Dinge zu tun, die zwar für das Tier im Augenblick schmerzhaft, aber zumeist schon vorüber waren, ehe es begriff, was vor sich ging. Bei einer Katze ist das keine geringe Leistung.

Ich rief sie an und setzte sie von der hohen Ehre in Kenntnis, für die sie ausersehen worden war. Sie sagte, ich solle den Kater am folgenden Vormittag bringen, und hörte sich dann meine Diagnose wie auch meinen Lobgesang auf seine sämtlichen Tugenden mit höflichem, doch wie ich spürte, allmählich nachlassendem Interesse an, bis ich zum Punkt seiner »Behandlung« kam. »Wenn wir ihn kastrieren wollen«, sagte sie, »muss ich ihn über Nacht hierbehalten, und geben Sie ihm bitte nach sechs Uhr heute Abend nichts mehr zu fressen und zu trinken.«

Ich wusste, dass sie ihn über Nacht würde behalten müssen, aber das Übrige war mir nicht klar gewesen. Es war schon schlimm genug, dass ich ihn zum ersten Mal aus der Wohnung bringen musste, aber dass ich ihn außerdem noch den ganzen Abend, die ganze Nacht hindurch auf Nulldiät, ohne Wasser, ohne Futter, würde setzen müssen – das erschien mir besonders hart.

Trotzdem, es musste geschehen. Und so bemühte ich mich den ganzen Abend über, ihn, während er um Fressen bettelte, so gut es ging mit der Versicherung abzulenken, dass nicht ich, sondern jemand anders auf diese Idee gekommen sei. Ich versuchte sogar, ihn dazu zu bringen, ein Baseballspiel mit einem Tischtennisball zu Ende zu spielen, das wir uns ausgedacht hatten. Doch immer wieder gab er ein klagendes »Ajau« von sich, streckte eine Pfote aus, zog mich am Hosenbein und versuchte, mich in Richtung Küche zu dirigieren. Als ich mich weigerte, nahm er seine Zuflucht zum kläglichsten »Ajau«, das ich je von ihm gehört hatte. Und als es Zeit zum Schlafengehen wurde, lehnte er es ab, aufs Bett zu springen.

Spät am Abend gab er dann schließlich auf, hopste aufs Bett und ließ sich nicht wie sonst neben meinem Hals, sondern weit unten bei meinen Füßen mit einem übertriebenen, entnervten Plumpser nieder. Um drei Uhr morgens weckte er mich wie üblich, aber als ich auch dann keine Anstalten machte, die Brekkies herauszurücken – obwohl er die Schachtel in Sichtweite hatte, ja sie mit den Augen fixierte –, war seine Leidensgrenze erreicht. Offensichtlich hatte ich den Verstand verloren, und so musste er die Sache in die eigenen Pfoten nehmen. Mit einem einzigen Satz sprang er über mich hinweg auf das Tischchen neben dem Bett, warf mit einem Prankenhieb die Schachtel um; aber dann, als er gerade loslegen wollte, handelte ich. Ich drehte mich um, fuhr hoch und packte zu.

Er sah mich mit einem Blick an, der sagte: »Jetzt kenne ich den Feind. Du bist's!«, aber ich ignorierte ihn. Stattdessen schob ich die Brekkies wieder in die Schachtel und verstaute sie in einer Schublade. Er wandte sich ab, sprang auf den Boden und verbrachte den Rest der Nacht dort.

Am nächsten Morgen löste ich das Problem des Arbeitsfrühstücks mit einem, wie ich behaupten darf, meisterlichen Schachzug. Ich beschloss nämlich, an diesem Morgen ebenfalls nicht zu frühstücken. Schließlich braucht niemand jeden Morgen ein Frühstück.

Stattdessen ging ich zum Einbauschrank in der Diele und holte den Katzenkoffer herunter, den Marian in ihrer gewohnten weisen Voraussicht heimlich in die Wohnung gebracht und außer Sichtweite, auf einem der oberen Regalfächer, verstaut hatte. Ich war überzeugt, dass mein Kater noch nie einen Katzenkoffer zu Gesicht bekommen hatte. Doch das nützte mir wenig, denn im Moment, wo ich ihn hervornahm, spürte er, dass sich etwas Hochverdächtiges anbahnte und dass es mit diesem blöden Ding – dem Koffer – zu tun hatte. Mir wurde augenblicklich klar, dass er keinesfalls gesonnen war, sich in dieses Gehäuse zu begeben, ja ihm auch nur in die Nähe zu kommen.

Während ich mir überlegte, was ich in dieser Situation anfangen sollte, fiel mir ein, dass ich irgendwo gelesen hatte, bevor man seine Katze in einen solchen Koffer zu verfrachten versuche, solle man erst dafür sorgen, dass sie damit richtig Bekanntschaft schließen könne. Sie solle die Möglichkeit bekommen, sich damit anzufreunden, sogar darin mit ein paar von ihren Spielsachen zu spielen. Und all dies solle man schon geraume Zeit tun, ehe man auch nur daran dächte, sie in dem Koffer irgendwohin zu befördern.

Doch das hatte ich natürlich versäumt, und jetzt war es zu spät. Ich erinnerte mich auch an das Erlebnis einer Bekannten von mir, Pia Lindstrom. Sie hatte damals zwei Katzen und erzählte mir von ihrem ersten Besuch beim Tierarzt, zu dem sie die eine Katze im Katzenkoffer verstaut und sich die andere unter einen Arm geklemmt habe. Die eine Katze, sagte sie, habe überhaupt nichts gegen den Koffer gehabt, wohl aber die andere. Sie habe sich nicht hineinlocken und auch nicht unter Anwendung von Gewalt hineinverfrachten lassen.

Als Pia Lindstrom beim Tierarzt eintraf, nahm dieser an, dass entweder die zwei Katzen nicht miteinander auskämen oder zwei Katzen nach Ms. Lindstroms Meinung für einen einzigen Koffer zu viel seien. »Geben Sie mir die hier«, sagte er, »ich habe nebenan einen zweiten Koffer.« Ms. Lindstrom trat einen Schritt zurück. »Nein, nein«, sagte sie, »machen Sie sich keine Umstände. Die geht auf gar keinen Fall hinein.« Der Tierarzt fragte, was sie damit meine. Ms. Lindstrom erklärte es ihm, aber er wollte ihr nicht glauben. »Unsinn«, sagte er. Und damit packte er ihre Katze und ging in das andere Zimmer, um sie in den Koffer zu setzen.

Ms. Lindstrom sah die beiden verschwinden und hörte, wie sich die Tür schloss. Doch das war nicht das Letzte, was sie vernahm. Denn was als Nächstes an ihre Ohren drang, berichtete sie mit der Sachlichkeit, die ihre Ausbildung als Fernsehsprecherin verlangte, sei einem Erdbeben gleichgekommen. Es habe sich angehört, als würden Stühle, vielleicht sogar Tische umgeworfen, und offenbar seien verschiedene Gegenstände auf dem Boden gelandet. Sie habe auch unverkennbar menschliche Flüche abwechselnd mit ebenso unverkennbarem Katzenjaulen vernommen. Und schließlich sei eine tiefe Stille eingekehrt.

Einen Augenblick später, so Pia Lindstroms Bericht weiter, erschien der Tierarzt mit dem Katzenkoffer in der Hand. Sein Arbeitskittel war zerfetzt, an den Armen hatte er Blut. Dann huschte die Katze wie ein Blitz an ihm vorbei und sprang Ms. Lindstrom auf den Schoß.

Der Tierarzt stellte den Koffer ab, allerdings in einem respektvollen Abstand von Ms. Lindstrom und ihrer Katze. »Ich habe nicht den Eindruck«, sagte er, noch keuchend, »dass sie Katzenkoffer mag.« – »Nein«, erwiderte Pia Lindstrom und bemühte sich, nicht gerade in diesem Augenblick ihrer Katze einen zärtlichen Klaps zu geben, »sie mag sie nicht.«

Nachdem mir diese Geschichte durch den Kopf gegangen war, begann ich darüber nachzudenken, wie ich nun meinerseits meinen Kater am besten in den Koffer beförderte. Ich war selbstverständlich entschlossen, keine rohe Gewalt anzuwenden, und entschied mich schließlich, ein Spiel daraus zu machen. Als Erstes stellte ich den Koffer vor ihn hin – so nahe, wie ich es wagte –, ließ mich auf Hände und Knie nieder, öffnete das Gehäuse und zeigte ihm, wie toll das Ding war, ja dass man von innen sogar hinausschauen konnte. Um das zu demonstrieren, steckte ich den Kopf hinein und blickte unter dem Plexiglasdeckel zu ihm hinaus. Doch er kam keinen einzigen Schritt näher.

Ich sah auf meine Uhr: Es blieb keine Zeit mehr. Mit einer raschen, von oben zupackenden Bewegung hob ich ihn auf und beförderte ihn in den Koffer, ehe er recht wusste, wie ihm geschah. Mit der anderen Hand schloss ich den Deckel und sperrte ihn ab.

Er schaute mich durch den Plexiglasdeckel mit einem Blick an, aus dem, so jammervoll er auch war, zumindest drei Fragen sprachen. Sei es denn nicht genug, dass ich ihn zu hintergehen versucht hatte? Musste ich auch noch auf diese typisch menschliche Reaktion zurückgreifen, nackte Gewalt anzuwenden? Und hatte ich darüber hinaus nach diesem grässlichen Verrat noch einen abscheulicheren Plan?

Ich lehnte es ab, irgendeine dieser Fragen zu beantworten. Stattdessen blickte ich tapfer zur Seite. Ich zog meinen Mantel an, nahm den Katzenkoffer zur Hand, schritt zur Tür, öffnete sie und marschierte zum Lift. Die ganze Zeit, während der Fahrt im Lift, dem Gang zur Garage, dem Verstauen des Koffers im Wagen, hatte ich ein schlechtes Gewissen; ich war sicher, dass er glaubte, nun gehe es mit ihm dorthin zurück, woher er gekommen war. Um ihn zu beruhigen, öffnete ich, als wir unterwegs waren, den Deckel des Koffers auf dem Sitz neben mir und legte beruhigend meine Hand auf meinen Kater. Er sollte zumindest erkennen, dass wir nicht dorthin zurückfuhren, wo er früher gewesen war. Zugleich aber hatte ich nicht das geringste Verlangen, ihn aus dem Koffer herauszulassen, denn ich hätte ihn sicher nie mehr hineinbekommen. Zum Glück fand ich ganz in der Nähe von Dr. Thompsons Praxis einen, zumindest für New Yorker Verhältnisse, guten Platz zum Parken. Oder anders gesagt: Ein Strafzettel war mir nicht absolut sicher.

Interessanterweise wird man zwar an einem bestimmten Tag, jedoch nicht zu einer festgesetzten Zeit in Dr. Thompsons Praxis bestellt. Wer zuerst kommt, wird als Erster drangenommen, Notfälle natürlich ausgenommen. Noch interessanter ist, dass man in der Praxis nicht von einer Sprechstundenhilfe empfangen wird. Oder vielmehr doch, aber dabei handelt es sich nicht um einen Menschen, sondern um eine Katze.

Die Katze heißt Blacky. Dr. Thompson hatte sie von jemandem übernommen, dem es lästig geworden war, dass Blacky oft krank war, und der beschlossen hatte, das Tier, wie es euphemistisch heißt, »einschläfern« zu lassen. Dr. Thompson jedoch war dagegen gewesen und hatte sich mit Blackys Besitzer geeinigt, selbst die Katze zu behalten.

Blacky übernahm beinahe sofort das Vorzimmer, in dem sie seither waltet. Als ich eintrat, saß sie auf dem Schreibtisch. Ich ging sofort zu ihr hin und erklärte den Grund meines Kommens. Sie hörte mich aufmerksam an, und ich hätte schwören können, dass sie im Geist ihre Patientenliste durchging. Dann erhob sie sich und blickte gemessen zu meinem Kater hinunter, als ich den Katzenkoffer abstellte. Mein Kater guckte ebenso gemessen zurück.

Das war ein guter Anfang, und da es fast so aussah, als zeigte mir Blacky einen Stuhl, auf den ich mich setzen solle, ging ich dorthin und nahm Platz. In dem Kreis der Stühle befanden sich zwei Katzen, ein kleiner Hund und eine riesige dänische Dogge, alle zusammen mit ihren Besitzern. Blacky hatte mich auf einen Platz im Katzenbereich verwiesen, der am weitesten von der Dogge entfernt war, doch deren Besitzerin war leider an nichts so sehr interessiert wie an mir. Sie machte mir Komplimente zu meinen Tierschutz-Aktivitäten, doch je länger sie sich darin erging, desto weniger hielt sie ihren Hund im Zaum. Und da ich den Deckel des Koffers wieder geöffnet hatte, fand sich mein Kater plötzlich der Dogge Aug in Aug gegenüber. »Ajau!«, zischte er im selben Augenblick, als ich eine Hand zwischen ihn und dieses Tier schob, für das er allenfalls eine Vorspeise abgeben würde. Zum Glück bekam die Frau in diesem Moment ihren Hund zu fassen, doch sie war von mir keineswegs mehr so angetan wie vorher. »Gerade Sie«, sagte sie missmutig und zog den Hund weg, »müssten doch wissen, dass dänische Doggen die sanftmütigsten von allen großen Hunden sind.«

Das wisse ich wohl, sagte ich, aber irgendwie hätte ich versäumt, meinen Kater darüber aufzuklären.

Nach einer Ewigkeit, wie es mir vorkam – nachdem alle die vor mir Gekommenen abgefertigt worden waren –, wurde ich endlich aufgerufen. Wie auf ein Stichwort stand Blacky auf und begleitete uns, als ich meinen Kater zu Dr. Thompson hineintrug. Ich hatte der Tierärztin nicht geglaubt, als sie sagte, Blacky führe tatsächlich die neuen Patienten ins Sprechzimmer, nun aber sah ich es mit eigenen Augen. Und als ich meinen Kater aus dem Koffer holte und ihn auf den Untersuchungstisch setzte, bemerkte ich, dass Blacky auf einen Hocker gesprungen war und ihn ebenso aufmerksam betrachtete, wie dies Dr. Thompson tat.

»Oh, was für ein schönes Tier«, sagte Dr. Thompson – was sie sicher zu allen Besitzern sagte. Als sie mit den Fingern über sein Fell fuhr, bemerkte ich, dass er nicht zitterte.

Wieder sprudelte ich meine Diagnose hervor – das Maul, die Hüfte, seine Ohren. Dr. Thompson, die Diagnosen von Katzenbesitzern gewohnt ist, zeigte höfliches Interesse, ohne in ihrer Untersuchung innezuhalten. Einige Zeit sagte sie überhaupt nichts, aber dann servierte sie mir alles auf einmal. »Das Maul ist fast wieder in Ordnung«, sagte sie, »und die Hüfte macht gute Fortschritte. Sie sollte allein ausheilen. Ich möchte ihm aber die Ohren ausputzen, allerdings kann das geschehen, wenn wir ihm die Spritzen geben und die andere Sache machen. Auch glaube ich, dass wir ein kleines Problem mit der Haut haben. Er zeigt ein paar allergische Reaktionen, aber die können wir uns ein anderes Mal vornehmen.« »So«, fügte sie lächelnd hinzu, »ich werd ihn erst einmal in das andere Zimmer tun, bis ich mit meinen übrigen Patienten fertig bin.«

Ich war sofort voller Misstrauen. Wohin sie ihn bringen wolle, fragte ich. Dr. Thompson zeigte es mir. »Hierher«, sagte sie, als sie ihn aufhob und ich ihr ins Zimmer nebenan folgte. Dort stand eine Reihe von Käfigen. Sie öffnete einen und setzte meinen Kater hinein.

Ich hatte nicht mit Käfigen gerechnet und auch nicht damit, dass er ganz allein sein würde. Dr. Thompson erriet meine Gedanken. »Keine Sorge«, sagte sie. »Blacky wird hier sein und ihm Gesellschaft leisten.«

Aber wie es mit Futter und Wasser stehe, wollte ich wissen. Ich sagte, dass der Kater seit dem Vortag nichts bekommen hatte, und fragte, wer um drei Uhr morgens hier sein und ihm seine Brekkies geben werde. Blacky wäre damit wohl überfordert. Ob nicht sie selbst da sein werde, wollte ich wissen.

Dr. Thompson lächelte wieder. »Nein«, sagte sie, »aber er wird auch keine Brekkies wollen, weil er in tiefem Schlaf liegen wird.« Sie öffnete den Käfig noch einmal. »So, jetzt geben Sie ihm einen aufmunternden Klaps und sagen ihm, dass Sie ihn morgen früh abholen kommen – gleich als Erstes.«

Ich tat wie geheißen und konnte nur hoffen, dass

er mir glaubte. Doch bevor ich ging, gab ich auch Blacky einen liebevollen Klaps. Ich war so froh, dass er da war.

5
Eine knifflige Frage

Ein paar Tage nach dem Besuch bei der Tierärztin kam es zur ersten echten Meinungsverschiedenheit zwischen meinem Kater und mir. Zumindest war es die erste seit unserem Remis in der Frage, ob er sich nicht hin und wieder bereitfinden wolle zu kommen, wenn ich ihn riefe.

Der Zwist entzündete sich an etwas, das Leuten, die nicht Eigentum einer Katze sind, wohl als lächerlich erscheinen würde. Anders aber sieht es sicher jeder aus den Reihen der eingefleischten »Katzen-Besessenen« und übrigens auch jede erfahrene Katze.

Mit einem Wort, es ging darum, wie er gerufen werden sollte – ob er dann kommen würde oder nicht, war wieder eine andere Frage. Ich wurde es allmählich herzlich leid, anderen Leuten von ihm zu erzählen, ohne ihn bei einem Namen nennen zu können. Ich hatte es satt, dass Leute ihn sahen und nach seinem Namen fragten und ich ihnen – wie jener Frau in Dr. Thompsons Wartezimmer – sagen musste, wegen Weihnachten mit all dem Trubel sei ich einfach nicht dazu gekommen, ihn zu taufen. Und schließlich hatte ich selbst genug davon, dass ich ihn nicht richtig ansprechen konnte. Ich hatte mich mit dem blödsinnigen »du« beholfen – schon schlimm genug bei einem Menschen, dessen Namen man vergessen hat, noch schlimmer aber bei einem Tier und bei einer Katze völlig unmöglich.

Ich machte mir keine Illusionen, dass die Sache einfach sein würde, sondern im Gegenteil eine »knifflige Frage«, wie T. S. Eliot feststellte, der ein ganzes Gedicht darüber verfasst hat.

T. S. Eliot untertrieb die Schwierigkeiten noch, wie ich schon bald feststellen sollte. Ich erfuhr, dass es dagegen ein Kinderspiel ist, sich einen Namen für ein Baby, einen Hund, ein Buch, ein Schlachtschiff, ein Baseball-Team oder auch für einen König, einen Papst oder einen Hurrikan auszudenken.

Einer Katze einen Namen zu geben ist hingegen ein ganz anderer Fall. Eine Katze, die ihren Namen nicht mag, bringt es angeblich fertig, ihr Leben lang niemals, auch nicht aus Gedankenlosigkeit, erkennen zu lassen, dass sie ihn schon einmal gehört hat. Und schon gar nicht ließe sie sich anmerken, dass er in irgendeiner Weise etwas mit ihr zu tun haben könnte.

Ziemlich zu Beginn meiner Namenssuche sagte

mir eine Bekannte, die zusammen mit ihrem Ehemann ein Dutzend oder noch mehr Katzen hielt, wenn alle ihre Katzen versammelt seien und sie oder ihr Mann eine von ihnen beim Namen rufe, drehten sich die anderen oft der betreffenden Katze zu und schauten sie an. Sie aber erwidere zwar gelegentlich den Blick der anderen Katzen, blicke aber sie und ihren Mann nie an und reagiere auch nicht. Das, so behauptete meine Bekannte, beweise eindeutig, dass Katzen nichts gegen die Namen anderer Katzen hätten und nur von ihrem eigenen nichts wissen wollten.

Alle »Katzen-Besessenen« werden mir bestätigen, dass Katzen in vielen Dingen sehr eigen sind – beispielsweise darin, was ihre Nahrung, was bestimmte Leute, die sie entweder mögen oder ablehnen, Lärm oder das Wetter oder beinahe alles betrifft, was Ihnen oder, wichtiger, Ihrer Katze so einfällt. Doch all dies sind Eigenheiten, die sich über eine längere Zeitspanne entwickeln, was Ihnen zumindest die Möglichkeit gibt, sich dagegen zu wappnen. Die Pingeligkeit jedoch, die Ihre Katze in Bezug auf ihren Namen erkennen lässt, beginnt mit dem allerersten Mal, da Sie so unbesonnen sind, ihn an ihr auszuprobieren.

Wie ich erfahren musste, gibt es nur eine einzige wirklich zuverlässige Faustregel, was die Einstellung einer Katze zu dem für sie gewählten Namen betrifft. Und diese lautet: Einerlei, welche Haltung man bei ihr erwartet, die tatsächliche wird das genaue Gegenteil sein.

Vor einigen Jahren schrieb Eleonora Walker, die viele Katzen aufgepäppelt hat, ein ganzes Buch über das Thema und gab ihm den Titel »Katzennamen«. In einem der Kapitel stellt Mrs. Walker die Frage: »Geben unsere Katzen uns Namen?« Sie bejaht die Frage und stellt dann fest, dass diese Namen vermutlich mit den betreffenden Menschen als Ernährer zusammenhängen. »Mein Ehemann«, schreibt sie, »schwor Stein und Bein, dass Humphrey, Dolly und Bohnenblüte mich den ›Großen Hamburger‹ nannten.«

In einem anderen Kapitel erzählt sie, sie habe eine Freundin, die »spirituell weiter fortgeschritten« sei, darum gebeten, sich eine »Meditationsmethode« auszudenken, die es erleichtern würde, »den Namen der Katze zutage zu fördern«.

Die Freundin erfüllte getreulich die Bitte und schrieb:

> Lege dich zur Entspannung mit dem Rücken auf den Boden, wobei du die Knie anziehst und die Füße fest auf den Boden stemmst. Atme ruhig und regelmäßig, konzentriere dich auf das Ausatmen und versuche, den Kopf frei zu bekommen … Wenn das Meditieren für dich etwas Neues ist und dir weiterhin Ablenkungen zu schaffen machen,

> sage mehrmals und stumm das folgende Mantra im Rhythmus deiner Atemzüge auf: *Ham/Sah.* Das *Ham* beim Ein- und das *Sah* beim Ausatmen.

Dies war anscheinend die Methode, mit der sich tibetanische Mystiker, die »die Eigenschaften einer bestimmten Gottheit zu erlangen wünschen«, für die bevorstehende Aufgabe vorbereiteten oder, anders ausgedrückt, für den Versuch, »das Bild des Gottes in all seiner Komplexität in sich selbst zu reproduzieren«. Und Mrs. Walker versichert uns aufmunternd:

»Wenn Sie jemals eine tibetanische Gottheit gesehen haben, wird Ihnen klar sein, dass das keine geringe Leistung ist. Bei einer Katze ist es im Vergleich dazu ganz einfach.«

Ich war bereit, ihr aufs Wort zu glauben. Der zweite und letzte Schritt kam gleich im folgenden Abschnitt:

> Meine Freundin empfiehlt, dass Sie Ihre Katze genau, aufmerksam und liebevoll ansehen, jedes kleine Barthaar, jede Wimper und die Details ihrer Zeichnung registrieren. Sobald Sie entspannt sind und sich den Kopf so weit wie möglich freigemacht haben, schließen Sie die Augen und versuchen, sich Ihre Katze vollkommen detailgetreu vorzustellen. Über kurz oder lang wird sich Ihnen der Wesenskern der Persönlichkeit Ihrer Katze

enthüllen, und aus den Tiefen Ihres Unterbewusstseins wird ein Name aufsteigen, der zu ihr passt. Dieser Name wird der beste sein, den Sie überhaupt für Ihre Katze aussuchen können.

Mrs. Walkers Buch erschien einige Zeit nachdem ich meinen Kater getauft hatte, weshalb ich es mir, leider oder vielleicht gottlob, nicht zunutze machen konnte. Und so entging mir auch ihre Liste mit Namensvorschlägen für eine weiße Katze. Diese waren in zwei Spalten angeordnet.

Weißchen	Vanille
Schneechen	Weiße Wolke
Schneewittchen	Blanche
Schneeflocke	Bianca
Schneebällchen	Margerite
Schneeglöckchen	Elfenbein
Eisblume	Bechamel
Schneemann	Schäumchen
Hermelin	Perle

Ich möchte niemandem zu nahe treten, der eine Katze mit einem dieser Namen besitzt, aber offen gesagt sah ich nicht die geringste Chance, dass mein Kater auch nur einen einzigen davon klaglos hingenommen hätte.

Zwei Namen englischer Katzen aus jüngerer Vergangenheit schienen erwägenswert. Die eine war Königin Victorias bekannteste Katze, für die außerdem sprach, dass sie ein weißes Fell hatte. Die gute Königin hatte sogar einen Namen gefunden, der ihr selbst und anscheinend auch der Katze gefiel – White Heather (weißes Heidekraut). Doch für meinen Kater konnte ich ihn mir nicht vorstellen. Die andere Anregung lieferte Nelson, Winston Churchills bekannter Gefährte aus der Kriegszeit. Doch sehr zum Kummer seines Besitzers war Nelson während der Raketenangriffe auf London wenn überhaupt, dann im hintersten Winkel unter dem nächsten Bett zu finden. »Trotz meiner höchst ernsthaften und beredsamen Bitten«, bemerkte der Premierminister, »misslang es mir ganz und gar, meinen Freund von solch verzagtem Tun dadurch abzuhalten, dass ich ihn zu bewegen versuchte, er möge wenigstens kurz des Namens gedenken, den er trug.«

Es gab viele interessante Geschichten über die Katzen von großen Dichtern und Schriftstellern, doch leider hatten sich diese für meine Zwecke nicht genug Mühe gegeben, treffende Namen zu ersinnen. Samuel Johnson beispielsweise war einer seiner Katzen derart zugetan, dass er jeden Nachmittag das Haus verließ, um für sie Austern zu besorgen, statt einen seiner Diener damit zu beauftragen. Johnson war anscheinend überzeugt, die Diener würden es vielleicht die Katze entgelten lassen, dass sie einen so niedrigen Dienst verrichten mussten. Wie dem auch sei, die Katze hieß Hodge (Tölpel) – vielleicht ein schöner Name für einen englischen Butler, aber nicht, wie ich fand, für einen amerikanischen Kater.

Der Name des Katers von Alexandre Dumas kam meiner Idealvorstellung schon näher. Dieser Kater, Mysouff geheißen, pflegte Monsieur Dumas jeden Tag die halbe Strecke von seinem Heim zu seinem Büro zu begleiten und dann nach Hause zurückzukehren. Und ebenso fand er sich später wieder an derselben Stelle ein, um seinen Herrn abzuholen und heimzugeleiten. Noch verblüffender war, dass Mysouff es irgendwie ahnte, wenn Dumas eine andere Verabredung hatte und nicht an dem Treffpunkt sein würde, denn dann, so berichtet Dumas selbst, verließ der Kater niemals das Haus.

Ich beschloss also, den Namen Mysouff an meinem Kater auszuprobieren. Eine weitere Möglichkeit bot eine von Charles Dickens' Katzen oder vielmehr eines seiner Kätzchen. Wenn Dickens noch spät in seinem Studierzimmer arbeitete, kletterte dieses Kätzchen an seinem Schreibtisch hoch und löschte mit einer Pfotenbewegung die Kerze. Zumeist zündete Dickens sie wieder an, worauf das Tier die Flamme sofort wieder löschte – und Dickens für diesen Abend zu arbeiten aufhörte, um sich dem Kätzchen zu widmen. Das Dumme war nur, dass ich auch in diesem Fall den Namen nicht herausbekam. Zusammen mit zwei anderen Kätzchen war es in Dickens' Studierzimmer von einer Katze zur Welt gebracht worden, der Dickens den Namen William gegeben hatte, als er sie zum ersten Mal sah und noch nicht wusste, dass sie ein Weibchen war. Als er erfuhr, dass das Tier Mutterfreuden entgegensah, taufte er es auf den Namen Wilhelmina um.

Von allen Autoren und Katzenfreunden, so stellte ich fest, zeichnet sich Mark Twain dadurch aus, dass er seinen Katzen die eigenartigsten Namen gab. Darunter waren Apollinaris, Zoroaster und Blatherskite. Damit, behauptete Mark Twain, sei nicht die Absicht verbunden, die Katzen herabzusetzen, sondern ihnen, da sie in Bezug auf ihre Namen ohnedies so heikel seien, Benennungen zu geben, an denen seine Kinder die Aussprache langer und schwieriger Wörter üben könnten. Eines der Jungen von Mark Twains Katze Tammany hatte die Angewohnheit, sich in ein Eckloch des Billardtisches zu kuscheln und es so zu blockieren. Hin und wieder, wenn es ihm einfiel, gab es mit einem Pfotenhieb der Kugel, die auf ein bestimmtes Eckloch zurollte, eine neue Richtung. In diesen Fällen, erzählte Twain, verlangten die Regeln des Hauses keinerlei Verweis für das Kätzchen, sondern die Kugel musste möglichst nahe an die ursprüngliche Stelle gelegt und der Stoß wiederholt werden.

Schließlich förderte ich die verblüffende Tatsache

zutage, dass ausgerechnet Colette, unter den Schriftstellern und Schriftstellerinnen an Katzenliebe gewiss nicht zu übertreffen, beim Ausdenken eines Namens für ihre eigene Katze so kläglich versagte, dass sie sie schließlich einfach »La chatte« nannte, das französische Wort für »Katze«. Colette gestand zwar freimütig ein, dass sie bei dem Versuch gescheitert sei, irgendeinen anderen Namen zu finden, der La chatte zufriedenstellte, war aber mit der Wahl, die ihre Katze am Ende traf, selbst überaus einverstanden.

Colettes Name für ihre Katze warf Licht auf einen anderen Aspekt. Das englische Wort *cat* steht den entsprechenden Bezeichnungen in anderen Sprachen vielleicht näher als irgendein anderes Hauptwort: *chat* im Französischen, *Katze* im Deutschen, *ga'ta* im Neugriechischen, *cattus* im Lateinischen, *gato* im Spanischen und Portugiesischen, *gatto* im Italienischen, *kat* im Holländischen und Dänischen, *kot* im Polnischen, *kut* im Ägyptischen, *kat* in manchen Gegenden Afrikas, *katsi* in anderen und *kott* im Russischen. Und in Sprachen, in denen keine solche Ähnlichkeit besteht, ist die Bezeichnung von Geräuschen abgeleitet, die die Katze macht, wie *mao* oder *mio* im Chinesischen, *neko* im Japanischen und – vielleicht am einfachsten von allen – *puss* im Indonesischen.

Das alles bot immerhin die Möglichkeit, für meinen Kater einen Namen aus einer anderen Sprache zu entlehnen, und nach einigem Überlegen setzte ich sowohl den Vorsitzenden Mio wie König Kurt auf meine Liste.

Gebührende Beachtung schenkte ich auch den Namen der großen Katzen aus der Geschichte der Cartoons – unter ihnen Felix, Tom und Garfield. War Garfield mein Lieblingsname, so interessierte mich am meisten die Geschichte von Felix, gezeichnet von Pat Sullivan, einem australischen Cartoonisten, der 1914 in die Vereinigten Staaten gekommen war. Der Name Felix, der aus dem Lateinischen stammt und »der Glückliche« bedeutet, wurde bewusst gewählt, um sadistischen Phantasien, deren Opfer Katzen oft sind, entgegenzuwirken. Außerdem hatte sich Sullivan, wie er zugab, in nicht geringem Maß von Charlie Chaplins Humor und komischen Bewegungen anregen lassen. Felix wurde derart berühmt, dass Walt Disney, der seinen Mickey zuerst ebenfalls als Katze gedacht hatte, schon bald beschloss, ihn zu einer Maus zu machen, um nicht gegen Felix konkurrieren zu müssen.

Leider war Felix schwarz. Doch im Verlauf meiner Suche entdeckte ich eine wirklich ungewöhnliche weiße Katze, die auch noch einen ebenso ungewöhnlichen Namen hatte. Es war ein Kater, und er hieß Don Pierrot de Navarre. Sein Besitzer, der französische Dichter und Kunstkritiker Theophile Gautier, schrieb sehr anrührend über dieses Tier, das unstreitig einen der obersten Plätze unter den Katzen aus der Literaturgeschichte verdient:

> Er schien sich, wenn er an seinem gewohnten Platz vor dem Kaminfeuer saß, immer für die Unterhaltung zu interessieren. Hin und wieder, wenn er vom einen Gesprächspartner zum andern schaute, gab er ein schwaches, protestierendes Miau von sich, als wollte er eine Meinungsäußerung tadeln, die er sich nicht zu eigen machen konnte. Er liebte Bücher, und jedes Mal, wenn er eines auf dem Tisch aufgeschlagen fand, setzte er sich daneben, blickte aufmerksam auf die bedruckte Seite, schlug ein paar Blätter um und schlief schließlich ein, als hätte er wahrhaftig versucht, einen modernen Roman zu lesen. Sobald er sah, dass ich mich zum Schreiben niedersetzte, sprang er auf meinen Schreibtisch und beobachtete die krakeligen, phantastischen Gebilde, die meine Feder übers Papier verstreute, wobei er jedes Mal, wenn ich eine neue Zeile begann, den Kopf wendete. Zuweilen ließ er es sich einfallen, an meiner Arbeit teilzunehmen, und dann tastete er nach meiner Feder, zweifellos mit der Absicht, ein, zwei Seiten zu schreiben …

Das war nun eine Katze, mit der ich mich wirklich identifizieren konnte – und hoffentlich auch mein

Kater. Zumindest erwartete ich, er werde schon aus Höflichkeit mir gegenüber dem Namen Don Pierrot de Navarre die Beachtung schenken, die dieser in so reichem Maße verdiente.

Der Kater lag auf meinem Schoß, den Kopf auf meinen Knien, und schlief fest. Doch da es allmählich spät wurde und ich nicht absehen konnte, wie lange unsere Konferenz über seinen Namen dauern würde, beschloss ich, ihn zu wecken und die Sache in Angriff zu nehmen.

Sanft drehte ich ihn um, so dass ich sein Gesicht vor mir hatte. Ich gab ihm ein paar Augenblicke Zeit, klaren Kopf zu bekommen, und begann dann langsam, aber in festem Ton unser Gespräch.

Alle Haustiere und mit Menschen lebenden Tiere, legte ich zunächst dar, hätten einen Namen. Selbst die in menschlicher Gesellschaft lebenden Vögel trügen Namen, fuhr ich fort. Ich wollte möglichst rasch seine Aufmerksamkeit fesseln, und wie sich zu meiner Freude herausstellte, zeigte er an Ornithologie besonders großes Interesse.

Genauso, sprach ich weiter, hätten auch Menschen Namen. Ich zum Beispiel, sagte ich, hörte auf den Namen Cleveland. Er betrachtete mich mit einem langen Blick, der mir zunächst voller Besorgnis schien, in dem aber auch, wie mir rasch klar wurde, eine Mahnung lag. Daraus sprach deutlich seine

Meinung, ich solle, und zwar möglichst rasch, einen Spezialisten aufsuchen.

Ich ignorierte den Blick. Stattdessen sagte ich zu ihm ebenso entschieden, wie ich begonnen hatte, wenn er die ganze Sache aufgeschlossen betrachtete, würde er sich in der Gesellschaft von Menschen und auch von Tieren wohler fühlen, sobald er einen Namen hätte.

Selbst nicht domestizierte Tiere, erläuterte ich, die nur in der Nähe von Menschen lebten, wie Tiere in Zoos, hätten Namen. Sehr große Tiere wie Elefanten und Löwen, Tiger und Leoparden, ja sämtliche Großkatzen trügen Namen. Und genauso, sagte ich, sei es auch bei – nun ja, bei kleineren Katzen.

Ich legte eine bedeutungsvolle Pause ein und setzte dann meine Ansprache fort. Alle mit Menschen zusammenlebenden Katzen, gab ich ihm zu bedenken, hätten Namen. Nicht nur ein paar, nicht nur die meisten, sondern ausnahmslos alle Katzen. Ja, so schloss ich unverzagt, wenn er mir eine einzige Katze nennen könnte, die jemals irgendwo mit irgendeinem Menschen zusammengelebt hatte, ohne einen Namen zu haben, wäre ich bereit, ihm keinen zu verpassen. Ich wolle ihm sogar genügend Zeit geben, sich durch den Kopf gehen zu lassen, ob ihm eine solche Katze bekannt sei.

Das tat ich dann auch. Ich spielte mit völlig offenen Karten. Doch als er mir – wie vorherzusehen war – kein einziges Beispiel bieten konnte, fuhr ich in meinem Vortrag fort. In den meisten Fällen, sagte ich zu ihm, wählten die Leute einfach einen Namen und die Katze habe dabei nicht das geringste Mitspracherecht. Ich sagte ihm, dass ich nicht zu diesen Leuten gehörte und so etwas auf keinen Fall tun würde; ich hätte viel zu viel Respekt vor ihm. Stattdessen wolle ich ihm erst dann einen Namen geben, wenn ich einen gefunden hätte, der mir – und hier korrigierte ich mich noch im letzten Augenblick –, der *ihm* und mir, der uns beiden gefiele.

Sein Schwanz begann auf mein Knie zu klopfen: Ich solle doch zum entscheidenden Punkt kommen. Der entscheidende Punkt, sagte ich, sei der, dass ich ihm in dieser Sache ein faires Mitspracherecht einräumen wolle. Anders ausgedrückt, ich würde verschiedene Namen an ihm ausprobieren und seine Reaktion darauf abwarten. Wenn er bereit sei mitzumachen, würden wir zusammen eine Entscheidung treffen. Wenn nicht, wäre das sein Pech. In diesem bedauerlichen Fall müsste ich einfach den Namen wählen, der ihm am wenigsten zu missfallen schien.

Und damit setzte ich ihn auf den Boden. »So«, sagte ich zu ihm, »ich werde mich jetzt von dir abwenden und ein paar Schritte weggehen. Und wenn ich mich umdrehe, möchte ich deine Reaktion sehen.«

Und so geschah es. »Komm, Don Pierrot de Navarre«, sagte ich. »Hierher, Don Pierrot de Navarre.« Dann drehte ich mich um, neugierig auf seine Reaktion.

Ich wollte meinen Augen nicht trauen. Wenn eine Katze fähig ist, jemanden mit Blicken zu durchbohren, dann sah er mich mit Dolchblicken an, wie noch keiner seiner Artgenossen jemanden angeblickt hatte. Ich hatte keine Idee, was los war. Don Pierrot de Navarre war doch ein schöner Name, würdevoll und imposant, der Dignität einer Katze durchaus gemäß, beinahe königlich … Und dann wurde mir alles klar. Es hatte natürlich nichts mit Don Pierrot de Navarre zu tun, sondern seinen Grund darin, dass ich, in meinem Eifer, ihm den Namen schmackhaft zu machen, das verbotene Wort »hierher« gebraucht hatte. Ich war tatsächlich geradewegs in das Minenfeld hineinmarschiert.

Ich bat demütig um Entschuldigung und sagte dann, ich verstünde ja durchaus, dass es für ihn unmöglich wäre, die Vorzüge irgendeines Namens auch nur zu erwägen, dem ein so kränkendes Wort wie »hierher« vorausgegangen war. Aber ob er ihn sich nicht doch noch einmal anhören wolle. Selbstverständlich ohne dieses Wort.

Er erklärte sich dazu bereit. Diesmal sagte ich nur, so überzeugend, wie ich es vermochte: »Don Pierrot de Navarre.« Und dann ein zweites Mal.

Nun war sein Blick von ausdrucksloser Leere. Und ein leerer Blick bei einer weißen Katze, kann ich Ihnen versichern, ist wirklich ein ganz leerer Blick.

Ich beschloss, für den Augenblick Don Pierrot fallenzulassen, und ging zu den Werken von Alexandre Dumas über. Wieder drehte ich mich von meinem Kater weg. »Mysouff«, sagte ich, »Mysouff.« Ich mochte das Doppel-f und war überzeugt, es werde auch ihm gefallen. »Mysouff«, verkündete ich zum dritten Mal und betonte dabei das »f«.

Ich bekam eine Reaktion, allerdings nicht die erhoffte. Denn er machte sich stracks in die Küche davon. Offensichtlich glaubte er, dass von seinem Abendbrot die Rede sei. Als ich ihn endlich bewogen hatte zurückzukommen, wagte ich einen neuen Versuch. Wie wär's, dachte ich, mit dem Namen Christmas? Schließlich hatte ich ihn ja am Weihnachtsabend gefunden.

Ich versuchte es wie immer zweimal. »Christmas. Christmas.« Wieder nichts. Ich hatte das ungute Gefühl, dass er nun sogar zum Gähnen zu gelangweilt war. Was um alles in der Welt konnte er denn gegen den Namen Christmas haben? Christmas klang wirklich famos, mit diesen vielen, leicht verständlichen Konsonanten, vor allem den beiden »s« – die jede Katze, die ihren Namen verdiente, doch zumindest an dem zischenden Geräusch erkennen würde.

»Christmas«, zischte ich. »Christmas.«

Er verstand sehr wohl. Seine Ohren legten sich an, und er zischte zurück. Ich beschloss, mich geschlagen zu geben. Mit einer gewissen Bedachtsamkeit erhob er sich, streckte eine Pfote nach der andern von sich und marschierte dann gemessen aus dem Zimmer, mit einem Blick, der klarer als Worte sagte, er habe von dem Unsinn so viel über sich ergehen lassen, wie man ihm billigerweise zumuten könne.

Ich blieb, wo ich war, und versank in tiefe Nachdenklichkeit. Die Geschichte hatte nichts gebracht, der Humor nichts und ebenso wenig Weihnachten. Was blieb da noch? Aus irgendeinem Grund begann ich mir durch den Kopf gehen zu lassen, welche Tiere zu meinen ganz besonderen Lieblingen gehörten – vielleicht brachte mich eines von ihnen auf einen Namen.

Ich ließ die Katze weg, schloss aber den Hund ein, das Pferd, den Esel, den Tiger, den Delphin, den Otter, den Biber und den Bären. Es gab noch viele andere, aber plötzlich, beim Bären, hielt ich inne. Bär, dachte ich, wäre ein guter Name für ihn – er sieht ja aus wie ein kleiner Bär. Und da er ein weißes Fell hat, wie wär's mit Eisbär?

Ich stöberte ihn im Schlafzimmer auf, wo er sich auf der Steppdecke gemütlich eingerollt hatte. Ich rückte nicht sofort mit dem Namen heraus. Aus meinen vorausgegangenen Versuchen hatte ich eine Menge gelernt.

»Ach, Eisbär, da bist du ja«, sagte ich so beiläufig, dass er daraus unmöglich entnehmen konnte, was ich im Schilde führte. Ich setzte mich aufs Bett und begann ihn zu kraulen. »Nun«, sagte ich im gleichen beiläufigen Ton, »wie geht's dir denn, Eisbär?« Vom Kraulen ging ich zu anderen Liebkosungen über.

Natürlich schuf ich mit dem, was ich da tat, ein *fait accompli*, und obwohl ich dem Leser gern erzählen würde, mein Kater habe mir in die Augen gesehen und mir feierlich zugenickt, tat er natürlich in Wahrheit nichts dergleichen.

Schön wäre es auch, könnte ich dem Leser berichten, dass mein Kater von da an seinen Namen gekannt habe und wenn auch nicht immer, so doch manchmal komme, wenn er ihn hört. Wie gesagt, schön wäre es, doch die Wahrheit ist es nicht.

Schließlich würde ich auch noch gern sagen, dass sich Eisbär – ob mein Kater den Namen nun kennt oder nicht – als eine perfekte Wahl für ihn erwiesen habe. Doch auch das wäre nicht die Wahrheit. Es gibt für eine Katze nur einen einzigen perfekten Namen, und den werden wir, wie T.S. Eliot uns gelehrt hat, niemals erfahren.

6
In Hollywood

Noch heute ist mir nicht ganz klar, warum ich beschloss, Eisbär auf diese Reise nach Hollywood mitzunehmen. Aber es waren wohl zwei Gründe. Zunächst einmal würde ich wenigstens einige Wochen abwesend sein, länger als ich Eisbär überhaupt schon hatte. Ich wusste zwar, dass Marian vorbeischauen und ihn nicht nur füttern, sondern auch mit ihm spielen würde, trotzdem aber wäre er viel allein – und dies gerade zu der Zeit, da sich bei ihm das Gefühl der Geborgenheit festigen und er sich nicht verlassen fühlen sollte.

Der zweite und wichtigere Grund, ihn mitzunehmen, war einer, den ich mir nicht eingestehen wollte. Es war schlicht und einfach so, dass ich es nicht ertragen konnte, so lange von ihm getrennt zu sein, so sehr hatte ich ihn ins Herz geschlossen.

Ich war mir der Schwierigkeiten, die mein Entschluss mit sich brachte, durchaus bewusst – dafür hatten schon sämtliche meiner Bekannten gesorgt, die Katzenfreunde waren. Ausnahmslos hatten sie mir so düstere Prophezeiungen gemacht, dass ich die Überzeugung gewann, eine Katze, wenn nicht ganz jung dazu abgerichtet, sei als Reisebegleiter über weite Distanzen zwar immer noch besser als Alligatoren und Orang-Utans, aber viel schlimmer als quengelige Kinder, kranke Goldfische und Kleinwagen.

Dafür, erfuhr ich von meinen Freunden, gebe es viele Gründe. Zum Ersten, so erklärten sie, hätten Katzen ein ausgeprägtes Territorialverhalten; ihr Heim sei ihre Burg, ihr Herd, ihre Heimat. Zum Zweiten, betonten diese Freunde, seien Katzen konservative, traditionsverhaftete Geschöpfe. Meine Freunde gingen zwar nicht so weit zu behaupten, alle Katzen seien Anhänger der Republikanischen Partei, doch ich selbst hatte bereits seit einiger Zeit bei Eisbär diesen Verdacht. Schon deswegen, weil er es nicht gern hatte, wenn etwas passierte, das nicht schon früher passiert war. Und wenn diese Voreingenommenheit auch mit einer politischen Parteibindung nichts zu tun hatte, so stand sie doch Reisen entgegen – zumal Flügen und zu einem Ziel, wo er noch nie gewesen war.

Ich hörte geduldig zu, während meine Freunde mich aufklärten, dass, zum Dritten, jede Katze einen ihr unbekannten Ort, und sei es nur ein relativ einfaches Hotelzimmer, als eine unerforschte Wildnis betrachte, in der auf Schritt und Tritt Gefahren lauerten. Keineswegs zufrieden damit, jeden Winkel abzusuchen, jede Ritze abzuschnüffeln, werde meine Katze, so wurde mir versichert, vor Schrecken in einen Zustand der Erstarrung verfallen, bis sie jedes einzelne Geräusch innerhalb des Raums und von draußen, bei Tag wie bei Nacht, sorgfältig analysiert hatte. Und als kleine Draufgabe merkten sie noch an, während dieser Periode werde meine Katze natürlich jegliche Nahrung verweigern, so lange, bis ich überzeugt sei, dass sie nie mehr fressen werde. Dies als gerechte Strafe für die Bedrängnis, in die ich sie gebracht hatte, indem ich sie überhaupt an einen solchen Ort mitgenommen hatte.

Und als wäre all dies noch nicht genug, schenkte man mir Ratgeber für Reisen mit Katzen, die mit wahren Litaneien an Missgeschicken unterwegs vollgestopft waren. In einem stand zu lesen, wenn man eine Katze auf eine lange Reise mitnehmen wolle, wäre es das Verkehrteste, versuchsweise erst eine kurze mit ihr zu unternehmen. »Dies«, so las ich, »würde Ihnen nur noch mehr Anlass zu Sorge geben.« Einem anderen Ratgeber war zu entnehmen, mit einer Katze solle man nie verreisen, ohne Wasser, ein »Töpfchen«, Katzenstreu, Desinfektionsmittel, eine Kleiderbürste und einen Vorrat an feuchten Erfrischungstüchern einzupacken. Letztgenannte, teilte dieses Opus mit, seien »für Sie, nicht für die Katze« bestimmt.

Der ärgste Missgriff, so las ich, bestünde darin,

auch nur den Gedanken zu erwägen, seine Katze in das Haus eines Freundes oder in ein Hotelzimmer mitzunehmen. Verwirrt fragte ich mich, was für andere Möglichkeiten dann wohl blieben. Das Haus eines Freundes, zumal wenn er für Katzen generell nichts übrig, geschweige denn Verständnis für eine Katze auf Reisen habe, könnte sich als ein wahrer Albtraum erweisen. Und was Hotels betreffe, so las ich, lasse sich in ihnen buchstäblich kein einziges Zimmer gegen ein Entwischen der Katze sichern; früher oder später werde ein Zimmermädchen oder ein Page oder ein Zimmerkellner oder ein Handwerker die Tür öffnen, und Ihre Katze werde hinausflitzen, um dem neuen Feind zu entkommen und zugleich nach Ihnen zu suchen. Und während sie nach Ihnen suchte, wären Ihre Chancen, die Katze, die ja überall sein konnte, ausfindig zu machen, praktisch gleich null.

Für alle diese Vernunftreden und Ratschläge blieb ich stocktaub. Papperlapapp, dachte ich, Eisbär ist anders. Einem meiner Bekannten, der sich aufs bedenklichste über die Fährnisse des Reisens mit einer Katze äußerte, stellte ich die Frage, ob es ihm denn nicht bekannt sei, dass einmal ein Kätzchen das Matterhorn bestiegen hatte. Ein Kätzchen, wiederholte ich. Er sah mich an, als wäre ich nicht richtig im Kopf, was mich aber nicht davon abhielt, ihm die Geschichte zu erzählen.

Sie hatte sich vor einigen Jahren zugetragen. Matt, wie der neue Name des Katers seither lautet, war damals ein zehn Monate altes Kätzchen, das die Nacht, bevor sein Besitzer das Matterhorn bestieg, mit diesem in einem Hotel am Fuß des Berges verbrachte. Am nächsten Morgen verließ Matts Besitzer vor Tagesanbruch, bepackt mit seiner Bergsteigerausrüstung, das Hotelzimmer. Matt blieb zurück und sollte auf die Rückkehr seines Herrn warten. Dieser und seine Gruppe, begleitet von Bergführern und beladen mit Seilen, Pickeln, Proviant, Wasser und Verbandskasten, arbeiteten sich mühsam den langen Anstieg zum Gipfel hinauf. Schließlich erreichten sie ihn, und während sie sich im Glanz ihrer Leistung sonnten und einander zu ihrer Ausdauer und Kühnheit beglückwünschten, wurden sie plötzlich von einem lauten, klagenden Miauen unterbrochen. Hinter ihnen war bis auf 4477 Meter Höhe, zum Teil über schroff abfallende Steilwände, aber natürlich ohne Ausrüstung, Proviant und Wasser Matt heraufgekraxelt – und, wie sie alsbald feststellten, zwar sehr hungrig und durstig, aber keineswegs erledigt.

Wieder einen anderen Skeptiker machte ich auf einige weitere ungewöhnliche Marschleistungen aufmerksam, die Katzen zustande gebracht hatten. Die bekannteste Geschichte war vielleicht die der »unglaublichen Reise«, die Sheila Burnford in ihrem großartigen Buch gleichen Titels beschrieben hat.

Die Autorin schildert nicht nur in bewegender Weise, wie zwei große Hunde – ein junger Labrador und eine tapfere, alte englische Bulldogge – fast 500 Kilometer durch die kanadische Wildnis zurücklegten, sondern erzählt auch die Geschichte von Tao, der siamesischen Katze, die mehrmals allen dreien, auch den beiden Hunden, das Leben rettete. Einmal rettete sie sie sogar vor einer riesigen, wütenden Bärenmutter, deren Junges sie aufgescheucht hatten.

Und zuletzt klärte ich meine Freunde über den meines Wissens bis heute nicht übertroffenen Rekord für einen Marsch auf, den jemals ein von seinem Herrn verlassenes Tier unternommen hat. Er wurde von einer Katze aufgestellt, die einem New Yorker Tierarzt gehörte. Der Mann lebte mit einer Freundin zusammen, und als er seinen Wohnsitz nach Kalifornien verlegen musste, ließ er die Katze zurück, weil er fand, für das Tier wäre es besser, wenn es bei seiner Freundin in der altgewohnten Umgebung bliebe. Die Katze war nur ein einziges Mal in dem neuen Haus in Kalifornien gewesen, doch fünf Monate später hörte der Tierarzt – wie die Bergsteiger auf dem Matterhorn – ein vertrautes Miauen. Er öffnete die Tür, und obwohl seine Katze nun wirklich erledigt war, trat sie würdevoll ins Haus, schritt auf den Fauteuil zu, den sie aus dem früheren Zuhause kannte, kletterte hinauf, legte sich auf das Kissen und schlief alsbald ein.

Wenn also, sagte ich zu meinen Freunden, eine Katze als Junges das Matterhorn besteigen konnte, eine andere zwei Hunden half, durch die kanadische Wildnis sicher ans Ziel zu gelangen, und eine dritte es ganz allein fertigbrachte, die 4800 Kilometer von New York nach Kalifornien zu laufen, dann könnte ich doch wohl Eisbär auf diesen kleinen, läppischen Ausflug nach Hollywood mitnehmen.

Wenn ich heute daran zurückdenke, würde ich gern sagen können, wie recht ich gehabt und wie schief all die Leute gelegen hätten, die mich gewarnt hatten. Leider kam natürlich alles ganz anders.

An sich nahm die Reise einen guten Anfang – obwohl ich einmal offen aussprechen möchte, dass ich diese lächerlichen Vorschriften der Fluggesellschaften, die nur ein einziges Tier in der ersten und ebenfalls ein einziges in der Touristenklasse zulassen, nie verstanden habe. Hat man Angst, die Tiere könnten bellen oder miauen oder einander anfallen oder Leute könnten über sie stolpern oder was sonst? Die Tiere befinden sich schließlich in Käfigen, und vorausgesetzt, sie sind mindestens durch einen Sitz getrennt, wäre es wohl kaum eine große Beeinträchtigung des Luftreiseverkehrs, wenn man wenigstens ein paar mehr pro Flug zuließe – zumindest weniger lästig, als wenn der Fluggast auf dem Sitz davor einem die Lehne auf den Schoß drückt oder wenn es für drei Sitze nebeneinander nur vier Armstützen gibt.

Aber wie dem auch sei, ich hatte keine andere Wahl, als die Vorschriften zu befolgen, und so hatte ich folgsam und zeitig für mich selbst wie für Eisbär gebucht. Ich hatte auch einen vorschriftsmäßigen Katzenkoffer, der, wenn auch mit knapper Not, unter den Sitz passte. Und die Stewardess hätte nicht netter sein können. Vor dem Start erlaubte sie mir, den Koffer zu öffnen, streichelte Eisbär ein bisschen und erging sich in Aaahs und Ooohs über seine Schönheit. Sie versprach auch, dass ich den Koffer wieder öffnen dürfe, sobald wir in der Luft seien.

Eisbär jedoch ließ die Nettigkeiten der jungen Dame nicht nur unerwidert, sondern drehte sich absichtlich weg. Es führt meistens zu nichts, wenn man auf Reisen seine Katze mit einem fremden Menschen bekannt macht, denn die meisten Katzen haben bis dahin bereits alle Leute kennengelernt, auf deren Bekanntschaft sie Wert legen. Mithin ist der Katzenfreund gut beraten, wenn er unterwegs ein kleines Arsenal von Entschuldigungen bereithält, in dem alles, von kleinen Not- bis zu faustdicken Zwecklügen, vorrätig ist.

Ich benützte eine aus der letzteren Kategorie und erzählte der Stewardess, Eisbär sei sonst die Liebenswürdigkeit in Person, aber nachdem er das Beruhigungsmittel bekommen habe und so – sie verstehe sicher. Sie verstand natürlich nichts, und Eisbär hatte überhaupt nichts bekommen, aber ich hatte wenigstens meinen guten Willen gezeigt.

In einer Hinsicht hatte ich Glück: Ich hatte mir den Fensterplatz gesichert, und auf dem mittleren Platz saß niemand. Den Sitz am Gang nahm ein korpulenter Mann ein, der die Begegnung zwischen Eisbär und der Stewardess mit Interesse beobachtet hatte. »Er hat's nicht sehr mit Reisen, nicht?«, bemerkte er. Wieder schwindelte ich. Eisbär sei großartig auf Kurzstreckenflügen, auf langen aber – und anscheinend, erläuterte ich, habe er den Verdacht, es würde ein Langstreckenflug werden – werde ihm leicht übel. Ich war mir ziemlich sicher, dass diese Mitteilung das Interesse des Mannes stark dämpfen werde, wenn ich später den Katzenkoffer herausholen und auf den mittleren Sitz zwischen uns stellen durfte. So war es denn auch.

Während wir die Startbahn entlangrasten, gab Eisbär einen ununterbrochenen Strom jammernder »Ajaus« von sich – die den Lärm der Triebwerke deutlich übertönten. Ich steckte einen Finger durch eines der Luftlöcher in dem Kofferdeckel, um ihn zu beruhigen, zweifle aber, ob es viel bewirkt hat. Für ihn wurden in Flugzeugen zu viele Leute auf zu engem Raum untergebracht, und in dem Bereich, wo er sich selbst befand, gab es viel zu viele Füße, ohnehin jene menschlichen Körperteile, für die er am wenigsten übrighatte. Es war grässlich laut, eng, unbequem und nach seiner Meinung gefährlich.

Als ich schließlich seinen Koffer auf dem Sitz neben mir stehen hatte, öffnete ich den Deckel ein wenig und legte eine Hand auf ihn. Doch ich wirkte sicher nicht sehr überzeugend. Als ehemaliger Pilot weiß ich, dass, abgesehen von einem Zusammenstoß mit einer anderen Maschine in der Luft, der Start der gefährlichste Teil am Fliegen ist.

Ich versuchte Eisbär für die Wolken draußen vor dem Fenster zu interessieren, aber er fand sie gar nicht sehenswürdig. Als uns zu essen serviert wurde, hoffte ich, dies würde ihn vielleicht etwas von seiner derzeitigen düsteren Sicht der Welt im Allgemeinen und meiner Person im Besonderen ablenken, aber obwohl ihm die Stewardess ein eigenes Schüsselchen brachte, schaute er nicht einmal näher hin. Bordverpflegung war für ihn Bordverpflegung, und ihr Erscheinen unterstrich nur noch die Tatsache, dass der Hungerstreik, vor dem ich gewarnt worden war, nun wirklich begonnen hatte. Ich hätte eine Dose von seinem eigenen Katzenfutter mitnehmen sollen, um ihn damit zu ködern, und tatsächlich hatte ich auch mehrere Dosen davon eingepackt. Aber wo waren sie? Zusammen mit einer Auswahl seiner Spielsachen befanden sie sich natürlich in meinem Koffer – im Gepäckraum im Bauch der Maschine. Ich denke aber auch an alles!

Das Schlimmste war, dass er nicht nur eindeutig in einen Hunger-, sondern auch noch in einen Schlafstreik getreten war. Und wenn eine Katze das tut, kann man sich darauf verlassen, dass das nichts Gutes verheißt. Dieser Flug dauerte fünf Stunden, und es kam mir vor, als wären es nicht Stunden, sondern Tage.

Endlich aber waren wir am Ziel, und am Flugplatz holte mich Paula Deats ab, Drehbuchautorin und ehemalige Koordinatorin des Tierschutz-Fonds. Paula ist eine eingefleischte Katzennärrin und machte einen großen Wirbel um Eisbär. Er hingegen fühlte sich zwar besser als während des Fluges – danach war schließlich alles eine Verbesserung –, verhielt sich aber reserviert. Paula war die erste junge Kalifornierin, der er begegnete, und wie so oft in Kalifornien war alles, so schien er zu denken, ein bisschen zu viel auf einmal und zu unvermittelt. Wieder war eine Entschuldigung fällig. »Er hat nicht viel geschlafen«, erklärte ich ihr. »Und die Zeitverschiebung macht ihm ein bisschen zu schaffen.«

Paula hatte es fertiggebracht, ihren Wagen in der Nähe zu parken, an sich schon ein Kunststück am Flughafen von Los Angeles, und so waren wir bald unterwegs, allerdings in einem Auto, das – aus Höflichkeit schwieg ich darüber – leicht in den betagten Checker gepasst hätte, den ich in New York fahre. Ich habe es immer erstaunlich gefunden, dass junge Kalifornierinnen, denen anscheinend so viel an ihrem »Freiraum« liegt, gar nicht darauf achten, wenn es um ihren fahrbaren Untersatz geht. Trotzdem öffnete ich, so beengt es auch war, den Katzenkoffer und ließ Eisbär heraus, machte aber keinen Versuch, ihn auf den Schoß zu nehmen und ihm die Sehenswürdigkeiten von Los Angeles zu zeigen. Das wollte ich erst dann tun, wenn wir auf den Sunset Drive abgebogen waren und die Schrecknisse der Autobahn hinter uns gelassen hatten.

»Wann fliegen Sie zurück?«, erkundigte sich Paula. »Ach«, antwortete ich, »in ein paar Monaten.« Das war seit langem zwischen uns so eingespielt. Ich hatte schon Jahre vorher die Erfahrung gemacht, dass einen nirgendwo sonst als in Kalifornien die Leute sofort nach der Ankunft fragen, wann man wieder abzureisen plane. Jungen Kalifornierinnen ist es geradezu zur zweiten Natur geworden. Man hat ihnen schließlich schon mit der Muttermilch eingeflößt, wenn sie diese Frage nicht beizeiten, ehe überhaupt Pläne gemacht werden, in die Unterhaltung einflechten, könnte ein der lokalen Sitten unkundiger Ortsfremder tatsächlich in die Versuchung geraten, über eines ihrer geheiligten Wochenenden zu bleiben – und sie damit beim Meditieren oder bei ihrem heißen Bad, beim Golf, Windsurfen oder beim Drachenfliegen zu stören.

Währenddessen war Eisbär damit beschäftigt, im

Auto herumzutanzen oder sich tot zu stellen. Doch da man von Paula wusste, dass sie, wie die meisten aktiven Tierfreunde, schon die denkbar ungebärdigsten Tiere beherbergt hatte, beschloss ich, keinen weiteren Entlastungs-, sondern stattdessen einen Annäherungsversuch zu machen. Ich erzählte ihr, dass ein Schriftstellerkollege, Richard Smith, vor kurzem einen Artikel über den Unterschied zwischen Ostküsten- und Westküstenkatzen geschrieben habe und dass nach seiner Meinung die Ostküstenkatzen nicht so viel Wert auf ihr Äußeres legten wie solche von der Westküste und es lieber hätten, wenn sie ihrer Intelligenz wegen geschätzt würden.

Paula biss nicht an. Ich war jedoch noch nicht am Ende. Zwar, fuhr ich fort, habe Smith auch festgestellt, eine erfüllte, liebevolle Beziehung sei für Katzen an der Westküste manchmal wichtiger als ein Partner mit einem tollen Körper, aber es lasse sich nicht bestreiten, dass die Ostküstenkatzen ausnahmslos Partner bevorzugten, die Persönlichkeit besäßen und mit denen sie ihre Interessen teilen könnten.

Noch immer biss Paula nicht an. Ich versuchte, zärtlich ihre freie Hand zu nehmen, aber sie ballte sie zur Faust. Um es zu wiederholen – Kalifornierinnen sind sehr eigenartige Mädchen.

Eisbär seinerseits auf dieser Fahrt mit irgendetwas zu ködern war auch keine leichte Sache. Als wir in den Sunset Drive abgebogen waren, blieb mir schließlich nichts anderes übrig, als ihn hochzuheben, sein Hinterteil auf meinem Schoß zu platzieren und seine Pfoten an das hochgekurbelte Fenster zu legen. »Schau, Eisbär«, forderte ich ihn auf hinauszublicken, »Kalifornien! Beverly Hills! Filmstars!«

Das war für ihn ein weiterer Beweis dafür, dass ich übergeschnappt war. Jedenfalls bekam er keinen einzigen Filmstar zu sehen, dagegen aber viele Leute, die Straßenkarten mit Wegangaben zu den Häusern von Leinwandgrößen verkauften, hin und wieder auch einen wohlgepflegten Einheimischen, der einem wohlgepflegten ausländischen Auto entstieg oder darin Platz nahm. Er sah auch etliche Jogger und Läufer und vermerkte mit Interesse, dass es in Beverly Hills durchaus in Ordnung ist, wenn man rennt oder joggt, dass man aber festgenommen werden kann, wenn man einen gemütlichen Spaziergang macht.

Was mich von jeher für das Hotel Beverly Hills eingenommen hatte, waren weniger die berühmten Eskapaden der High Society von Hollywood in diesem Hotel als vielmehr ein praktischer Aspekt: Das Hotel war schon seit den Tagen seiner Eröffnung für seine Gastfreundlichkeit gegenüber Tieren bekannt. Vielfach waren die Tiere, die es beherbergte, beinahe ebenso berühmt wie deren menschliche Besitzer.

Meines Wissens hält Elizabeth Taylor den Rekord als derjenige Gast, der im Laufe der Jahre die meisten Tiere mitgebracht hat – wie auch die meisten Ehemänner –, doch Robert de Niro brachte die meisten Tiere zu einem einzigen Besuch mit. Als er zu den Dreharbeiten für »The Last Tycoon« eintraf, hatte er nicht weniger als sieben Katzen dabei.

In jenen Tagen hatten Tiere ihre eigene Anmeldekarte an der Rezeption und erhielten den gleichen Service wie menschliche Gäste. Nur ein einziges Mal kam der Service ins Stocken, als ein Zimmermädchen sich weigerte, das Badezimmer des vierzehnjährigen Sohns eines türkischen Würdenträgers zu reinigen. In der Wanne saß ihrer Aussage zufolge ein Bärenjunges, nicht nur größer als sie selbst, sondern überhaupt nicht richtig angemeldet.

Inzwischen hat sich, im Gefolge eines Besitzerwechsels, die Haltung der Hoteldirektion gegenüber Tieren verändert. Und das betrifft nicht nur junge Bären, sondern auch Hunde und Katzen. Sie werden nicht mehr eingelassen, geschweige denn freundlich aufgenommen. Ich habe das nie verstanden, ja ich verstehe überhaupt nicht, warum irgendein Hotel seinen Gästen das Recht verweigert, ihre Lieblinge mitzubringen. Wenn beispielsweise jemand einen Hund hat, der nachts bellt oder Leute in den Aufzügen bedroht, ist es sicherlich gerechtfertigt, dass er ersucht wird, das Hotel zu verlassen. Bringt man jedoch einen gut erzogenen Hund mit, sollte er willkommen sein – vielleicht mit einem Preisaufschlag und der schriftlich erklärten Bereitschaft, dass man für Schäden, die das Tier anrichten könnte, bezahlen werde. Und ebenso sollte jemand, dessen Katze die Möbel zerkratzt, beim Verlassen des Hotels für den Schaden aufkommen. Wenn man aber ein Tier hat, das nichts anstellt, sollte es aufgenommen werden. Alle ersten Häuser in Europa akzeptieren zu diesen Bedingungen ganz selbstverständlich Tiere. In den Vereinigten Staaten hingegen sind Hotels, abgesehen von ein paar rühmlichen Ausnahmen, gegenüber tierischen Gästen leider eher negativ eingestellt. Man kann nur hoffen, dass sich diese Haltung im Lauf der Zeit wieder ändert. Zum Glück traf ich mit Eisbär noch in der tierfreundlichen Ära im Hotel Beverly Hills ein. Ich war gerade damit beschäftigt, ihn in den Katzenkoffer zu bugsieren, als der Portier die Wagentür öffnete. »Guten Tag, Mr. Amory«, sagte er. »Was haben Sie uns denn diesmal mitgebracht?« Er spähte in den Koffer. »Ach«, sagte er, »nur eine Katze.« Ich verzieh ihm.

Als ich das vorige Mal in das Hotel gekommen war, hatte ich einen Geparden dabei, der dem Schauspieler und Autor Gardner MacKay gehörte. Als ein zudringlicher Fotograf von hinten eine Blitzlichtaufnahme von ihm machte, wirbelte der Gepard so blitzschnell herum, dass ich schon dachte, er habe mir den Arm gebrochen, obwohl mich nur das äußerste Ende seines Schwanzes erwischt hatte.

Im Hotelzimmer überprüfte ich zuerst alle Fliegengitter, öffnete dann die Fenster und ließ Eisbär aus seinem Koffer heraus. Ich hätte zumindest erwartet, dass er mit einem »Endlich-sind-wir-da!« durchs Zimmer tanzen werde, erlebte aber stattdessen, was mir meine Freunde prophezeit hatten: abgrundtiefen Argwohn. Seine ersten Bewegungen erinnerten an die einer Eule: eine Drehung des Kopfes erst zu dem dunklen Einbauschrank hin und dann ein Blick unter das Bett. Vergebens erklärte ich ihm, dass hier in diesem Raum unmöglich Feinde lauern könnten – sie könnten sich die Zimmerpreise nicht leisten. Doch er hatte mittlerweile alles Vertrauen in mein Urteilsvermögen wie auch in meine Glaubwürdigkeit verloren.

Eine Zeitlang tat er gar nichts. Und als ich das nach einer, wie ich fand, angemessenen Geduldsfrist nicht länger aushalten konnte, beugte ich mich zu ihm hinunter, hob ihn auf, trug ihn zum Fensterbrett und setzte ihn darauf ab. Dann drehte ich ihm den Kopf zur Scheibe, zu der üppigen kalifornischen Vegetation draußen, den adretten, rosafarben getünchten Bungalows auf der anderen Straßenseite, den faszinierenden Rasensprengern und dem interessanten Tennismatch, das auf dem Tennisplatz unten stattfand. Doch abgesehen von einem kurzen Naserümpfen – woraus ich entnahm, er geruhe immerhin festzustellen, dass es in Kalifornien anders roch –, ließ er sich nicht einmal dazu bewegen, hinauszuschauen. Und kaum hatte ich ihn losgelassen, sprang er mit einem Satz vom Fensterbrett hinunter. Dann begann er, langsam und misstrauisch, das Revier zu inspizieren. Was für Gefühle er hegte, verriet nicht nur der Schwanz – der nicht aufgerichtet oder einigermaßen waagerecht war, sondern im Gegenteil beinahe über den Boden schleifte –, sondern alles an ihm, denn er betrieb die Rekognoszierung geradezu kriechend.

Ich tat so, als zankte ich ihn aus. Es gebe absolut keinen Grund, herumzukrabbeln wie ein verletzter Käfer, erklärte ich ihm. Natürlich ignorierte er mich. Doch als er schließlich die Überzeugung gewonnen hatte, dass sich im Zimmer selbst keine Feinde befanden, tat er als Nächstes genau das, was meine Freunde vorausgesagt hatten. Er erstarrte – natürlich, um sämtliche Geräusche, die draußen im Gang laut wurden, zu identifizieren, und von diesen gab es leider eine ganze Menge. Von Zeit zu Zeit, wenn sich draußen etwas regte – beispielsweise ein Staubsauger –, drehte er sich um und schaute mich an. Wollte ich denn untätig sitzen bleiben und nichts dagegen unternehmen? War ich ein Verbündeter oder ein Abtrünniger oder gar ein heimlicher Agent der Feinde?

Um ihn abzulenken, packte ich sein Futter aus, richtete ihm eine Portion her und stellte sie zusammen mit einem Schüsselchen Wasser auf den Boden. Als ich das getan hatte, schaute er wieder nur, erst auf sein Fressen, dann auf das Wasser, und zuletzt sah er mich an. Offensichtlich hatte er nicht die geringste Absicht, irgendetwas zu sich zu nehmen. Soll das, fragte ich mich verdrossen, eine Fortsetzung des Hungerstreiks sein, vor dem man mich gewarnt und den er im Flugzeug begonnen hatte? Ich weigerte mich zu glauben, dass er imstande sein könnte, mir so etwas anzutun. Das hinderte mich jedoch nicht, zu einem Mittel zu greifen, das ich eigentlich zutiefst verabscheue. Ich trug ihn zu dem Napf und flößte ihm unter Zwang etwas Wasser ein. Aus seinem Blick sprach klar, was er empfand. So, sagte er, hast du jetzt vor, mich zu ertränken? Ich antwortete ihm, dass ich keine solchen Absichten hätte; er könne sich so lange weigern zu fressen, wie er wolle, aber vorm Trinken könne er sich nicht drücken, und damit sei der Fall erledigt. Selbst Gandhi, hielt ich ihm vor, habe während seiner Hungerstreiks Flüssiges zu sich genommen. Und damit deutete ich auf das Wasser und gab ihm zu verstehen, sollte er davon nicht trinken, wäre ich imstande, ihm noch einen Schluck hineinzuzwingen.

Erstaunlicherweise trank er, allerdings nur ganz, ganz wenig. Während ich diesen kleinen Sieg genoss, überlegte ich, dass ich selbst ein Schlückchen vertragen könnte. Und so trug ich kurzerhand sein Fressen und das Wasser ins Badezimmer, bastelte ein provisorisches Katzenklo, hob den Kater auf und trug ihn hinein. Ich war schon am Gehen, als er mir noch einen seiner Blicke zuwarf.

Dieser hatte es wirklich in sich. Es war ein Blick, wie ihn ein Boss einem Arbeiter zuwirft, der um halb fünf Uhr Feierabend machen will. Es war ein Blick, in dem die Frage stand, ob ich jetzt allen Ernstes vorhätte, ihn ins Gefängnis zu sperren, ihn an einem Ort einzubuchten, von dem aus er nicht einmal die Tür im Auge behalten könne? Ich müsse wohl das letzte bisschen Verstand verloren haben, das mir noch geblieben sei.

Ich weigerte mich, darauf einzugehen. Sein Standpunkt, sagte ich zu ihm, sei nicht diskussionswürdig. Ich erklärte ihm auch, hier, wohin ich ihn gebracht hatte, handle es sich ja kaum um ein Gefängnis. Schließlich habe der Raum ein Fenster, das offen stehe und durch das er trotz des Fliegengitters alles sehen könne, was draußen vor sich ging. Wieder blickte er mich an und dann auf den Boden. Wo er sich denn hinlegen solle, fragte der Blick. Doch wohl nicht auf den bloßen, kalten Boden, oder? Ich beschloss, in diesem nebensächlichen Punkt nachzugeben, und holte die Badematte. »Hier drauf«, sagte ich und schloss die Tür.

»Ajau«, sagte er und sprach es so durchdringend, dass es sicher noch auf dem Tennisplatz unten zu hören war. Aber ich ließ mich nicht beirren und nahm vom Schreibtisch ein Blatt Papier. Ich wollte den in allen Büchern über Katzen auf Reisen stehenden Ratschlag befolgen, doppelt auf Nummer Sicher zu gehen: sowohl außen an die Zimmertür das Schild »Bitte nicht stören!« zu hängen und an die Badezimmertür ein zweites, vielleicht noch abschreckenderes. »DIESE TÜR BITTE KEINESFALLS ÖFFNEN«, schrieb ich, »GEFÄHRLICHES TIER DAHINTER!«

Wenn ich von Eisbärs Reaktion auf das ganze Unternehmen absehe, hätte meine Reise nicht erfolgreicher ausfallen können. Sie diente zwei Zwecken, und beide waren mit einer der großen Kampagnen des Tierschutz-Fonds verbunden: dem Kampf gegen das Abschlachten von Robbenbabys. Diese Tragödie spielte sich alljährlich im März auf dem Treibeis vor den kanadischen Magdalen-Inseln im St.-Lorenz-Golf und entlang der Küste Neufundlands ab. Ich war schon oft auf den Eisfeldern gewesen und hatte mit eigenen Augen gesehen, wie die Tiere mit Keulen erschlagen wurden. Das geschah nur wenige Tage nach der Geburt der schneeweißen Robbenbabys direkt neben ihren Müttern, die in der natürlichen Umgebung der Robben, dem Wasser, ernst zu nehmenden Widerstand geleistet hätten. Doch auf festem Boden, wo sie bleiben mussten, bis die Jungen alt genug waren, um schwimmen zu können, waren sie hilflos und konnten sie nicht verteidigen.

Eines stand fest: Im Januar dieses Jahres hatten wir in diesem Krieg dringend einen Sieg nötig. Bis dahin war unsere stärkste Waffe der Film gewesen, mit dem wir dann schließlich auch den Konflikt für uns entschieden. Einer der wichtigsten Erfolge für den Tierschutz-Fonds bestand darin, dass es uns gelungen war, einige erschütternde Aufnahmen von den Robbenschlächtereien ins Fernsehen zu lancieren.

Allerdings hatte uns auch das Glück zur Seite gestanden. Die Aufnahmen waren nämlich derart brutal, dass wir sie damals, sosehr wir uns auch bemühten, nicht einmal bei einem großen lokalen, geschweige denn bei einem nationalen TV-Sender anbrachten. Schließlich jedoch konnte ich eine alte vormittägliche Interviewsendung der ABC für uns gewinnen – vor allem deswegen, weil die Sendung ohnedies bald auslaufen sollte und entweder keiner der Bosse es der Mühe wert fand, den Film auf die Publikumswirkung hin zu prüfen, oder weil man sich, war dies doch geschehen, nicht darum scherte. So wurde er ausgestrahlt und erregte ein derartiges Aufsehen, dass er – abermals vor allem eine Glücksfügung – von der ABC an jenem Abend in eine Nachrichtensendung übernommen und also noch einmal gesendet wurde.

Dieser Film hatte eine außergewöhnliche Wirkung auf Millionen amerikanischer Fernsehzuschauer, und wir brachten eine ansehnliche Gruppe von Prominenten zusammen, die sich gegen das Abschlachten der Robbenbabys aussprachen, wie Henry Fonda, Cary Grant, Katharine Hepburn, James und Gloria Stewart, Jack Lemmon und Doris Day.

Viele dieser Stars erschienen zu der Pressekonferenz, die der Hauptanlass war, warum ich mich im Beverly Hills einquartiert hatte. Außerdem überließen uns jene, die auch Bilder malten – es waren ungewöhnlich viele –, eines oder mehrere ihrer Werke zum Verkauf, so dass wir damit unsere Kampagne finanzieren konnten. Henry Fonda beispielsweise brachte mir eines seiner Bilder in einen Mantel gewickelt. »Hier verkauft es sich nicht«, sagte er zu mir. »Hier wissen die Leute, dass ich nicht besonders viel kann. Außerhalb von Hollywood werden Sie mehr dafür bekommen.«

Henry Fonda war viel zu bescheiden. Er verstand es, mit dem Pinsel umzugehen, und wir verkauften später sein Bild zu einem hohen Preis. Was Katharine Hepburn betraf, so schenkte sie uns nicht nur ein Bild zum Verkaufen, sondern erlaubte uns auch, Drucke davon herstellen zu lassen. Das Bild, so erzählte sie mir, stamme aus »einer sehr glücklichen Zeit«, als sie und Spencer Tracy in den Pausen zwischen den Dreharbeiten gemeinsam zu malen pflegten.

Während der Pressekonferenzen und bei Unterhaltungen mit unseren prominenten Freunden dachte ich oft an Eisbär. Im Obergeschoss des Hotels allein im Badezimmer eingeschlossen, hatte er natürlich an dem, was sich abspielte, keinen Anteil. Doch mit zwei der Prominenten freundete er sich an. Der eine war ein besonders engagierter Tierschützer namens Paul Watson.

Paul und ich hatten schon seit einiger Zeit darüber korrespondiert, was zu unternehmen sei, um den Kanadiern klarzumachen, dass es uns mit der Kampagne gegen das Robbentöten noch immer ernst war. Wir hatten uns, kurz gesagt, dafür entschieden, die Robben mit Farbe zu besprühen, mit einer roten, organischen Farbe, die für sie unschädlich war, aber ihr Fell für die Pelzherstellung unbrauchbar machen würde.

Wir trafen uns, um festzulegen, wie dies am besten auszuführen wäre. Als Paul erschien, schloss Eisbär ihn sofort ins Herz – vielleicht weil Paul etwas von einem gutmütigen Bären an sich hat. Und während er dasaß und den zu seinen Füßen liegenden Kater streichelte, erzählte er mir seine Lebensgeschichte in Kurzfassung.

Gleich zu Beginn unseres Gesprächs stellten wir übereinstimmend fest, dass die Möglichkeiten, unser Ziel zu erreichen, sehr begrenzt waren, weil die für den Fischfang zuständige kanadische und sogar die Königlich-Kanadische Berittene Polizei den Robbenjägern sowohl aus der Luft wie auf dem Wasser umfangreichen Schutz gewährten.

Eine Möglichkeit war, mittels Fallschirmen in das Gebiet zu gelangen. Dies wäre jedoch schwierig und gefährlich. Selbst wenn wir ein Team per Fallschirm hinschaffen könnten, gäbe es keine Möglichkeit, die Leute wieder herauszubringen. Das Eis war zu zerklüftet und zu uneben, und es veränderte sich rasch. Außerdem waren die Robben über ein zu großes Gebiet verstreut.

Also blieb uns nur die Option, per Schiff in das Gebiet zu gelangen. Hier bestand das Hauptproblem darin, dass dieses Schiff imstande sein müsste, sich einen Weg durch das Eis zu bahnen. Die Schiffe der Robbenfänger ließen sich die Zufahrt von gewaltigen Eisbrechern der kanadischen Küstenwache buchstäblich durchs Eis fräsen, wir aber müssten es selbst schaffen. Ich wusste, dass der Kaufpreis eines Eisbrechers unsere Mittel bei weitem übersteigen würde, und fragte Paul, ob es möglich wäre, einen zu chartern. Er schüttelte den Kopf, doch ich ließ mich nicht entmutigen. Ich sagte zu ihm, ich könne einfach nicht glauben, dass wir nicht irgendwie, irgendwo irgendein Schiff auftreiben und uns damit den Weg zu den Robben bahnen könnten. Ich wolle mir nicht anmaßen, ihm als ehemaligem Seemann zu erzählen, wie dieses Schiff beschaffen sein solle, würde aber gerne von ihm hören, ob sich meine Idee wenigstens ausführen ließe.

Er bejahte das, und zum ersten Mal sah ich Licht

am Ende unseres Tunnels. Auch Paul geriet nun in Fahrt; er sagte, seiner Meinung nach würde es schon genügen, ein normales Schiff zu kaufen und daraus einen Eisbrecher zu machen. Wie das, wollte ich wissen. »Indem wir«, antwortete er, »den Bug mit Beton und einer Menge großer Gesteinsbrocken vollstopfen.«

Ich mag Leute mit Ideen. Welche Art Schiff ihm vorschwebe, wollte ich wissen. Paul schlug einen englischen Trawler vor. Der britischen Fischereiflotte stehe das Wasser bis zum Hals, so dass wir vermutlich relativ billig zu einem Trawler kommen könnten.

Ich beugte mich vor, um Eisbär ein bisschen zu kraulen. Mit wie viel Geld man rechnen müsse, fragte ich nervös. Jetzt kraulte Paul seinerseits den Kater. »Vielleicht hunderttausend Dollar«, meinte er. »Vielleicht zweihunderttausend Dollar.«

Das Wirtschaften war, wie ich bald feststellen sollte, nicht Pauls Stärke, und ein sparsames Wirtschaften schon gar nicht. Der Tierschutz-Fonds hatte damals weniger als die Hälfte dieser Summe in der Kasse. Ich musste also viel Geld auftreiben, und zwar rasch und ohne – wegen der notwendigen Geheimhaltung – den Spendern sagen zu können, wofür wir ihr Geld verwenden würden.

Das war keine erfreuliche Aussicht. Trotzdem, der Erfolg unserer Pressekonferenz hatte mich optimistisch gestimmt. Nach kurzem Überlegen bat ich Paul, nach England zu fliegen und uns möglichst rasch ein Schiff zu beschaffen. Dann, als wir uns an der Tür die Hand gaben, fügte ich noch hinzu, ich fände es schön, wenn wir das Schiff nach Eisbär benennen würden.

Paul machte ein betrübtes Gesicht. Ich fragte ihn, ob ihm der Name nicht gefalle. Er schüttelte den Kopf. »Nun, was dann?« Paul scharrte mit den Füßen. »Ich habe bereits einen Namen ausgedacht«, antwortete er. »Ich wollte es *Sea Shepherd* taufen.«

Ich musste einräumen, dass dieser Name besser war. Ich schaute zu Eisbär hin. »Aber bringen Sie doch Ihren Kater mit«, sagte Paul. »Jedes Schiff braucht eine Schiffskatze – als Glücksbringer, Sie verstehen.«

Ich sagte, dass ich mit Eisbär darüber sprechen werde, aber er solle sich nicht darauf verlassen. Wie er ja sehen könne, halte er nicht sehr viel von Reisen. Wenn ihm schon Hollywood und das Hotel Beverly Hills nicht sehr zusagten, könne man schwerlich erwarten, dass ihn die Aussicht begeistern werde, durch das kanadische Eis zu rumpeln – auf einem Schiff, das dafür nicht gebaut war, und bei einer Temperatur von minus zwanzig Grad.

7
Wenn er krank ist

Van Anfang an verhielten Eisbär und ich uns vollkommen unterschiedlich, sobald wir erkrankten. Wenn ich krank bin, möchte ich Zuwendung. Ich will sie sofort bekommen und rund um die Uhr. Außerdem möchte ich, dass alle Leute in Hörweite meines Klagens und Stöhnens – wovon mir eine breite Skala zur Verfügung steht – wissen, dass ich mich nicht nur an der Schwelle des Todes befinde, sondern auch, dass das jeweilige Leiden, das ich zu haben glaube, seit Anbeginn der Zeiten weder Mann, Frau, Kind noch Tier derart heimgesucht hat wie jetzt mich.

Habe ich zum Beispiel eine leichte Erkältung und hat sie sich verschlimmert, möchte ich, dass man sich in respektvollem Schweigen um mein Krankenlager versammelt. Die Schwerhörigen sollen besonders nahe herantreten, und von den Gedächtnisschwachen erwarte ich, dass sie Schreibblock und Bleistift mitbringen – natürlich damit sie meine letzten Worte, so, wie ich sie gesprochen habe, heiser und mit großer Mühe, aufzeichnen und der Nachwelt überliefern können. Ganz ähnlich stelle ich mir im Geist meine Lieben vor, wie sie sich nach meinem seligen Hinscheiden versammeln, um meine letztwilligen Verfügungen zu vernehmen.

Wenn sich hingegen meine Erkältung etwas bessert und eine reelle Chance besteht, dass ich – einzig dank meinem Heroismus in schwerer Zeit – schließlich doch genese, dann möchte ich ebenfalls, dass sie sich in der beschriebenen Weise versammeln und mir sagen, wie großartig ich alles durchgestanden hätte und wie untröstlich sie bei dem Gedanken gewesen seien, dass sie mich beinahe verloren hätten. Dann ermahne ich sie, dass sie sich, um jedem Rückfall vorzubeugen, ständig, vierundzwanzig Stunden am Tag, abrufbereit zu halten hätten. Sie sollten sich als Ordonnanzen begreifen, allzeit sprungbereit, herbeizuschaffen, was ich am dringendsten brauche – sei es etwas Ess- oder Trinkbares, seien es Bücher oder Zeitschriften, ein Schachpartner oder ein Schachcomputer wie natürlich auch, und dies ganz besonders, Eisbär.

Wird hingegen Eisbär krank, ist er unübersehbar das genaue Gegenteil von mir. Er will keine Aufmerksamkeit auf sein Leiden ziehen – ja, er will überhaupt keine Zuwendung, nicht einmal von mir,

Punktum. Er will allein sein, und zwar ganz allein. Verglichen mit Eisbär im Krankenstand, war Greta Garbo die Geselligkeit in Person.

Es erübrigt sich zu sagen, dass ich von Anfang an diese Haltung bei ihm nicht ertragen konnte. Dass er allein bleiben wollte, beschwor vor meinem geistigen Auge alle möglichen Schilderungen von Elefantenfriedhöfen und von Tieren herauf, die sich zurückzogen, um in Einsamkeit zu sterben. Ich wurde in seinem Fall derart hypochondrisch, dass ich jedes Mal, was er auch haben mochte, felsenfest überzeugt war, es würde zweifellos mit seinem Tod enden, falls ich nicht etwas dagegen unternähme, und zwar unverzüglich.

Gar nicht selten bedeutete ein solches Handeln meinerseits – entweder nach einem Besuch oder einem Anruf beim Tierarzt – für ihn seinerseits eine Pille. Das war keine willkommene Nachricht. Ja, sie war so unwillkommen, dass ich den Absatz über seine Haltung gegenüber Zuwendung eigentlich abändern sollte. Der Leser möge freundlicherweise diesen Abschnitt dahingehend korrigieren, dass Zuwendung das Vorletzte war, was Eisbär im Krankheitsfall wünschte. Das Letzte war eine Pille.

Ich erinnere mich noch gut an das allererste Mal, als ich Eisbär eine Pille verabreichte. Es war Ende Februar, einige Zeit nach meiner Rückkehr aus Kalifornien. Entsprechend meiner Gewohnheit in solchen Dingen hatte ich, ehe ich mich auf ein solches Unternehmen einließ, den Entschluss gefasst, Autoritäten auf diesem Gebiet zu Rate zu ziehen. Zu meiner Überraschung entdeckte ich, dass es viele Artikel über dieses Thema im Allgemeinen oder im Besonderen gab. Ihre große Zahl, sagte ich mir allerdings, ist kein gutes Omen. Trotzdem machte ich mich über sie her.

Am besten gefiel mir ein von Susan Easterly verfasster Artikel mit dem Titel »Wie man seiner Katze eine Pille gibt«. Er gefiel mir deswegen so sehr, weil Susan Easterly sich anscheinend an diejenigen unter uns wandte, die, wie sie sich ausdrückte, eine Katze vom »unabhängigen Typus« hatten – eine Katze, die »nicht dazu neigt zu tun, was Sie gerne von ihr hätten«. Das, so dachte ich, trifft auf Eisbär zweifellos zu.

»Als Erstes«, schrieb Susan Easterly, »nehmen Sie sich vor, Ihrer Katze nicht mit Gefühlen abgrundtiefer Angst gegenüberzutreten. Denken Sie positiv, und halten Sie die Pille bereit.«

Das waren kämpferische Worte, und meine Gedanken schweiften zurück zu meinem Bostoner Vorfahren Oberst William Prescott und der Schlacht am Bunker Hill. Wenn ich mir etwas nicht anmerken lassen würde, dann Angst, geschweige denn »abgrundtiefe« Angst. Eisbär würde, so nahm ich mir vor, so schwierig das bevorstehende Unternehmen auch sein mochte, keine Sekunde lang meine Glieder schlottern sehen. Was das positive Denken anging, so waren bei jenem ersten Mal, als ich Eisbär zu Leibe rückte, meine Gedanken so positiv, dass ich in dem Augenblick einen Mut in mir spürte, als wäre ich imstande, einem Leoparden eine Pille zu verpassen. Und die Pille, obwohl in meiner linken Hand gut versteckt und vom Ringfinger festgehalten, so dass er die übrigen Finger normal ausgestreckt sah, war genau dort, wo ich sie haben wollte.

Das Dumme war nur, dass die Dinge, die Eisbär durch den Kopf gingen, anscheinend alles andere als positiv waren. Er schien, während ich ihm auf den Pelz rückte, bereits zu wissen, dass ich nicht nur etwas im Schilde führte, sondern auch, dass er von diesem Etwas partout nichts wissen wollte. Und noch mehr: Irgendwie wusste er von der Pille. Während er ebenso negativ zurückwich, wie ich mich positiv auf ihn zubewegte, waren seine Augen unverkennbar und wie gebannt auf das gerichtet, was ich vermeintlich so geschickt versteckt hatte.

In diesem kritischen Augenblick kam ich zu der Erkenntnis, den Vormarsch erst einmal einzustellen sei entschieden der bessere Teil der Tapferkeit. Ich befand es für besser, das bereits eroberte Gelände zu sichern und mich einzugraben. Ich nahm mir wieder Susan Easterlys Artikel vor, da ich überzeugt war, dass sie für eine solche Pattsituation sicher einen guten Ratschlag habe. Und ich täuschte mich nicht. Leider aber erinnerte ihre Empfehlung nur allzu sehr an die Ratschläge, die ich aus einer anderen Quelle empfangen hatte und die, wie sich alle Leser mit gutem Gedächtnis erinnern werden, das Baden meiner Katze betrafen.

»Hüllen Sie Ihre Katze in ein großes Handtuch«, schrieb Susan Easterly, »wobei Sie nur den Kopf frei lassen. Das verhindert, dass Sie Blut verlieren, wenn Ihre Katze um sich schlägt.« Ich war durchaus bereit, ein leidliches Quantum Blut zu opfern, aber keineswegs versessen darauf, Eisbär in ein Handtuch zu wickeln. Und ebenso wenig war er es, wie ich bald feststellte, nachdem ich ihn in die Enge getrieben hatte. Trotzdem, ich hatte mir geschworen, Susan Easterlys Ratschläge buchstabengetreu zu befolgen, und schickte mich nun an, dies zu tun.

»Setzen Sie die Katze auf Ihren Schoß«, fuhr sie in ihrer Anleitung fort, »und halten Sie sie in der Armbeuge fest gegen sich. Auf diese Weise haben Sie beide Hände frei.«

Da die eine Hand durch dieses Manöver und die andere durch die Pille gehemmt war, konnte von Freisein kaum die Rede sein, aber ich tat, was ich konnte. Und ich bin überzeugt, dass Susan Easterlys Methode bei ihrer eigenen Katze Wunderdinge vollbrachte, obwohl sich mir der Verdacht aufdrängte, ihre Katze müsse sehr klein, sehr alt und sehr krank oder vielleicht gar nicht mehr am Leben gewesen sein, als Ms. Easterly dieses Manöver ausführte. Oder vielleicht hatte sie einen schwarzen Gürtel als Karatekämpferin errungen. Bei Eisbär funktionierten ihre Empfehlungen jedenfalls nicht. Er schoss aus dem Handtuch wie ein Pfeil aus einem Blasrohr.

Ich bin jedoch kein Mensch, der leicht die Flinte ins Korn wirft. Ich fing Eisbär wieder ein, und diesmal klemmte ich ihn nicht sanft unter den Arm, sondern hielt ihn fest wie in einem Schraubstock, so dass er eines seiner bösartigsten »Ajaus« von sich gab, die ich je vernommen hatte. Ich tat natürlich so, als hätte ich nichts gehört, und las erst einmal weiter, indem ich mit meiner halb freien Pillenhand den Artikel vor mich hin hielt.

»Legen Sie die Hand auf das Gesicht der Katze«, fuhr Susan Easterly unbeirrt fort und schien nun eine dritte Hand ins Spiel zu bringen. »Drücken Sie leicht mit Daumen oder Zeigefinger gegen die Mundwinkel der Katze, worauf sich das Maul öffnen wird.«

Wiederum folgte ich Ms. Easterlys Weisungen, so gut ich es vermochte. Ihrem Vorschlag folgend, drückte ich zunächst leicht, dann etwas stärker und schließlich so stark, dass ein Krokodil den Rachen aufgerissen hätte.

Leider aber ging das Maul nicht auf. Es öffnete sich nicht einmal einen winzigen Spalt. Zögernd beschloss ich, Ms. Easterlys Instruktionen abzuändern. Mit dem Zeigefinger, den ich wie eine Schusterahle benutzte, bohrte ich mich in Eisbärs Maul, bis ich ihn ganz drinnen hatte – wie das Gebiss eines Zaums im Maul eines Pferdes. Und natürlich tat mein Kater genau das, was auch ein Pferd tun würde: Er biss auf das Gebiss.

»Nur zu«, sagte ich zu ihm, »beiß die Hand, die dich füttert, die Hand, die all dies ja nur zu deinem eigenen Besten tut.« Bei dieser humorigen Bemerkung begann er buchstäblich zu würgen, aber ich hörte nicht auf. Und als es ihn das nächste Mal würgte, nutzte ich die Gelegenheit, um die Pille in seinen Rachen zu praktizieren.

»Drücken Sie ihr sofort das Maul zu«, hieß es in meinen Instruktionen, »streicheln Sie ihren Hals, und der natürliche Schluckreflex wird jeden Zweifel ausschließen, dass die Pille verschluckt wurde. Wenn Sie es richtig und rasch machen, wird Ihre Katze nicht einmal bemerken, dass sie sich eine Pille einverleibt hat.«

Mein Streicheln war perfekt. Und dann, als ich mir gerade gratulierte, traf mich etwas direkt zwischen den Augen. Nun ja, nicht genau zwischen den Augen, aber doch an der Nase, und von dort fiel es auf den Boden.

Es war natürlich die Pille. Es mag ja sein, dass manche Katzen, wie Susan Easterly es ausdrückte,

»nicht einmal bemerken, dass sie sich eine Pille einverleibt« haben, doch Eisbär gehörte nicht zu dieser Sorte. Er war nämlich, nachdem er seinen Volltreffer erzielt hatte, wieder aus der Handtuchhülle auf den Boden gesprungen und lag still da, seine eingebildeten Wunden leckend. Von Zeit zu Zeit jedoch richtete er ein nun ungemein argwöhnisches Auge auf mich, aus dem klar und deutlich eine einzige Frage sprach: »Wirst du so dumm sein, noch einmal in den Ring zu steigen, oder nicht?« Ich erwiderte starr seinen Blick. Wusste er denn nicht, aus welchem Holz ich geschnitzt war? War sein Gedächtnis so schwach, dass er nichts von meinen sagenhaften früheren Triumphen über seine Verbohrtheit behalten hatte?

Ich holte tief Luft und stand auf. Mit praktisch einem einzigen gekonnten Zugriff packte ich ihn wieder, wickelte ihn in das Handtuch, stemmte ihm das Maul auf und ließ die Pille hineinfallen. Und nachdem ich ihn erst höflich ersucht hatte, den Mund zuzumachen, und die Kiefer schließlich eigenhändig zudrückte, streichelte ich ihn so lange am Hals, bis ich überzeugt war, nun sei es ausgeschlossen, dass er die Pille nicht verschluckt hatte. Um jedoch jeden Zweifel auszuräumen, machte ich ihm das Maul wieder auf, diesmal, wie ich erfreut feststellte, gegen erstaunlich wenig Widerstand, und spähte hinein. Keine Spur von der Pille zu sehen.

Ich beobachtete ihn, wie er sich mit geknicktem

Stolz entfernte. Aber ich zeigte Haltung im Sieg, ging zu ihm hin, ließ mich auf die Knie nieder und kraulte ihm Ohren und Bauch. »Siehst du, Eisbär«, sagte ich zu ihm, »es war doch gar nicht so schlimm, oder?« Ich sagte auch, dass er von der Pille unmöglich etwas geschmeckt haben könne. Und es müsse ihm doch klar sein, dass er sich nicht zum Richter aufwerfen und selbst entscheiden könne, was für ihn am besten sei. Das könnten nur ich und die Tierärztin.

Zeigte ich Haltung im Sieg, so war Eisbär, wie ich erfreut feststellte, ein Verlierer mit Anstand. Ich war noch mit diesem Gedanken beschäftigt, als ich aus dem Augenwinkel ein verräterisches weißes Etwas auf dem Läufer hinter ihm sah. Nein, dachte ich, das kann nicht sein! Aber natürlich war es so. Es war die Pille.

Einen langen Augenblick schwieg ich. Ich blickte nur auf die Pille und dann langsam zu ihm zurück Schließlich schaute er ebenfalls auf die Pille und danach, ebenso langsam, mich an. Es gab keinen Zweifel – er lächelte.

Ich erhob mich unter Aufbietung der kärglichen Reste an Würde, die mir geblieben waren. Na schön, dachte ich, wenn er einen Krieg bis aufs Messer will, soll er ihn bekommen. Aber, warnte ich ihn – und darauf könne er Gift nehmen –, der nächste Angriff werde dann kommen, wenn er am wenigsten darauf gefasst sei. Ich würde den richtigen Augenblick abwarten, und dann gäbe es kein Halten mehr.

Genauso ging ich vor. Ich wartete sogar recht lange ab, weil ich zu dem Schluss gekommen war, ein nächtlicher Ausfall, im Schutz der Dunkelheit, würde mir die beste Chance bieten. Und in der folgenden Nacht, nachdem er aufs Bett gesprungen und fest eingeschlafen war, schlug ich zu. Mit einer einzigen, aber unglaublich raschen Bewegung setzte ich mich im Bett auf, packte ihn und stieß ihm die Pille ins Maul. Es war nicht nett, aber im Krieg geht es ja nie nett zu.

In dieser Nacht also schluckte er tatsächlich eine Pille. Aber es wäre eine gelinde Untertreibung zu behaupten, dass er wütend geworden sei. Wenn eine Katze fuchsteufelswild werden kann, dann war er es jetzt. Er betrachtete meine Tat offenbar als den heimtückischsten Verrat, seit Brutus den Dolch gegen Cäsar zückte. Und dieser feige Mord war immerhin am helllichten Tag verübt worden. Ich aber hatte ihm dies in tiefer Nacht angetan.

Trotzdem, so schwer sein Grimm auch zu ertragen war, seit jenem Tag oder vielmehr seit jener Nacht verabreiche ich ihm bei Bedarf auf diese Weise, mit kleinen Variationen – etwa wenn er tagsüber schläft –, seine Pillen. Schlafende Hunde, so heißt es, soll man nicht wecken. Aber wo steht so etwas über schlafende Katzen geschrieben?

Gleich nach unserer Pillenkrise reiste ich nach Kanada zu unserer Robben-Sprühaktion. Wir hatten uns in England den wackeren Trawler *Sea Shepherd* beschafft, und ich sollte in Boston zu den anderen stoßen.

Paul hatte keine Schiffskatze an Bord – er hatte diesen Posten für Eisbär freigehalten –, aber obwohl ich meinen Kater nicht mitnahm, dachte ich während dieser langen und außerordentlich schwierigen Fahrt oft an ihn. Tag um Tag und Nacht um Nacht schob sich das Schiff durch das Eis voran, stoppte, ließ die Maschinen im Rückwärtsgang laufen, fuhr vierzig Meter zurück und nahm einen neuen Anlauf, wobei es manchmal auf das Eis auffuhr und dann knirschend ins freie Wasser zurückrutschte.

Den Tiefpunkt brachte die fünfte Nacht – die Nacht nach dem Beginn der Robbenjagd –, als ein schwerer Sturm aufzog und uns das Eis ringsum einschloss. Ich hatte mich in den Kleidern hingelegt und musste eingedöst sein. Plötzlich spürte ich, wie mich jemand am Mantel zog. Es war Tony, unser Zweiter Offizier, ein Mann, der sich erst zwei Tage vor unserem Auslaufen aus dem Bostoner Hafen der Besatzung angeschlossen hatte. »Der Nebel hat sich gelichtet«, sagte er, »und das Schiff ist wieder frei. Ich glaube, wir können es schaffen.«

Ich ging mit ihm auf die Brücke und blickte mich um. Der Sturm hatte sich gelegt, der Nebel war verschwunden und das Wasser vor uns sogar eisfrei. Es grenzte an ein Wunder. Während wir mit Volldampf loslegten, fiel mir wieder Eisbär ein. Er hatte dem Fonds wirklich Glück gebracht.

Kurz nach Mitternacht hörten wir zum ersten Mal das Bellen der Robben. Dann sahen wir plötzlich eine. Dann eine zweite, und noch eine und schließlich buchstäblich Hunderte. Auf der einen Seite waren sie alle erschlagen und gehäutet worden. Doch denen auf der anderen Seite war noch nichts geschehen. Voraus konnte man deutlich die Positionslichter der Robbenfängerschiffe sehen, doch die Mannschaften und die Männer, die die Robben töteten, lagen anscheinend alle in tiefem Schlaf.

Sie sollten ein böses Erwachen erleben. Als Erstes stoppte Tony die Maschinen der *Sea Shepherd* genau eine halbe Seemeile von den Robben entfernt. Er wollte nicht riskieren, dass das Schiff beschlagnahmt wurde, und nach dem sogenannten Robbenschutzgesetz Kanadas durfte sich nichts, weder Schiff noch Mensch, sofern nicht am Robbentöten beteiligt, dem Robbenjagdgebiet auf weniger als eine halbe Seemeile nähern.

Dessen ungeachtet kletterten unsere tapferen, geschulten und handverlesenen Männer, die aufs Eis gehen sollten, mit ihren Farbkanistern von Bord. Der kanadische Fischfangminister hatte dem Parlament versichert, die *Sea Shepherd* werde keinesfalls den Seehunden so nahe kommen, dass die Besatzung einen zu sehen bekam, geschweige denn mit Farbe besprühen konnte. Doch bis zum nächsten Morgen besprühten wir, buchstäblich unter der Nase der Robbenschlächter, mehr als tausend Tiere.

Wenn ich heute daran zurückdenke, sehe ich klar, dass unsere Aktion nur eine Schlacht in dem langen Krieg war – doch wir hatten einen Sieg errungen, und er kam zu einer Zeit, da ein Sieg für uns sehr wichtig war.

8
Seine Außenpolitik

Eisbärs Außenpolitik ließ, wie die mancher unserer Präsidenten, einiges zu wünschen übrig. Im häuslichen Bereich hatte er, wie wir gesehen haben, seine starken und seine schwachen Zeiten. Er war nicht die aufgeweckteste Katze der Welt, hatte aber einen Charme, der ihn nie im Stich ließ, und seine Ansichten wusste er sehr ausdrucksstark zu vertreten – nicht nur mit seinem Schwanz, sondern auch mit seinem Grinsen, das dem der Cheshire-Katze in »Alice im Wunderland« äußerst ähnlich sah.

Doch wenn es um Außenpolitik ging, schienen ihm gerade die Eigenschaften, die ihm im Innenbereich so sehr zustattenkamen, völlig abhandenzukommen. Es war – wiederum wie bei manchen unserer Präsidenten – nicht so, dass er etwas dagegen gehabt hätte, seine eigene Außenpolitik zu betreiben – durchaus nicht. Ja, er fand so großes Gefallen daran, dass er sie nicht anderen Leuten anvertrauen mochte, die ungleich mehr als er von den komplizierten Feinheiten des Metiers verstanden. Dies war die Wurzel allen Übels. Denn für Außenpolitik hat man entweder ein Gespür oder nicht. Und Eisbär hatte, um es geradeheraus zu sagen, nicht das geringste. Zum einen hatte er für Diplomatie – die Kunst, sich mit anderen gutzustellen, sie aber nie merken zu lassen, wenn man sie nicht mag –, die den Schlüssel zur Außenpolitik darstellt, nichts übrig. Zum andern wusste auf der Ebene der persönlichen Beziehungen, die im häuslichen Bereich seine Stärke waren, niemand so richtig, wie er mit ihm dran war. Manchmal, besonders gegenüber kleinen Widersachern, verhielt er sich wie ein Rambo der Katzenwelt, wie eine richtige kleine Bestie, was eigentlich gar nicht zutraf. Dann wieder, besonders bei großen Gegnern, benahm er sich oft wie ein Duckmäuser, was er ebenfalls nicht war.

Aber er war, um nicht länger um die Sache herumzureden, eine Katze mit großen Vorurteilen, genau gesagt, ein einziger Haufen oder vielmehr Morast von Vorurteilen. Der Humorist und Schauspieler Will Rogers sagte einmal, er habe nie einen Menschen kennengelernt, der ihm missfiel, ein Ausspruch, den ich immer darauf zurückgeführt habe, dass der selige Mr. Rogers einen sehr begrenzten Bekanntenkreis gehabt haben muss. Sei es, wie es wolle, Eisbär war sicher das Gegenteil von Will Rogers. Ich glaube eigentlich nicht, dass er jemals einem anderen Tier begegnet ist, das er mochte.

Manche zwar missfielen ihm mehr als andere. Manchen begegnete er mit Geringschätzung, und andere übersah er einfach. Ich glaube, die einzigen Tiere, über die er weder so noch so dachte, waren die Pferde. Er fand sie natürlich zu groß, und sie veranstalteten ihm zu viel Lärm, und wenn sie auf den Straßen der Stadt erschienen, sollten sie nach seiner Meinung Turnschuhe tragen. Aber weiter ging seine Abneigung nicht, und grundsätzlich hieß seine Einstellung zu ihnen: leben und leben lassen.

Bei anderen Tieren sah die Sache anders aus. Man nehme beispielsweise seine Außenpolitik gegenüber Hunden. Für sehr viele Leute sind Hunde jene Tiere, die sie auf der Welt am meisten lieben. Für Eisbär hingegen waren sie der größte Missgriff des Schöpfers. Außerdem dehnte er dieses Vorurteil auf jedes einzelne Mitglied der weitverzweigten Hundefamilie aus. Es betraf sicherlich auch jene, denen er meines Wissens nie oder höchst selten, im Fernsehen, begegnete – und auch dort mochte er sie nicht.

Das war für mich eine sehr unerfreuliche Sache, nicht nur weil ich vor Eisbärs Auftauchen, wie schon erwähnt, immer ein besonderer Freund der Hunde gewesen war, sondern auch noch aus einem zweiten Grund. Der Tierschutz-Fonds engagierte sich wie die meisten Organisationen seiner Art dafür, herrenlose

Tiere von den Straßen zu holen und für sie ein Heim zu finden. Zwar waren etwa die Hälfte davon Katzen, doch die andere bestand aus Hunden. Und wenn diese vagabundierenden Hunde von den Straßen geholt werden, ist es häufig notwendig, sie vorläufig irgendwo unterzubringen, bis ein dauerhaftes Zuhause für sie gefunden werden kann. So haben beinahe alle Mitglieder des Fonds irgendwann einmal ihr eigenes Heim für diesen Zweck zur Verfügung gestellt.

Mithin war es nur eine Frage der Zeit, bis ein streunendes Tier in meiner Wohnung auftauchen würde. Ich hatte zwar eine Chance, dass es sich um eine Katze, doch eine beinahe ebenso große, dass es sich um einen Hund handeln werde. Es war gleichsam so, wie wenn man eine Münze in die Luft wirft. Und wie das Pech es wollte, verlor Eisbär dabei. Das allererste herrenlose Tier, das in diesem Frühjahr erschien, war ein Hund.

Die Frau, die ihn eines Samstagmorgens bringen sollte, hatte mich vorher angerufen und erging sich in Entschuldigungen. Sie wisse, dass ich eine Katze habe. Aber, sagte sie zu mir, sie könne den Hund, den sie am Abend zuvor gefunden habe, nicht einmal mehr diesen Nachmittag bei sich zu Hause behalten und schon gar nicht übers Wochenende. Sie habe bereits drei Hunde, und wenn sie noch einen aufnähme, würde sie nicht nur vom Hausverwalter, sondern auch von ihrem eigenen Ehemann aus der Wohnung geworfen werden.

Mir blieb natürlich keine andere Wahl, als den Hund aufzunehmen. Doch die Frau war sich ganz sicher, dass sie bis spätestens Montag ein dauerhaftes Zuhause für ihn finden werde. »Er ist wirklich ein Schatz von einem Hund«, sagte sie.

Als sie eintraf, trat ich hinaus und zog die Wohnungstür hinter mir zu. Ich hatte mir meine Strategie in Bezug auf Eisbär bereits zurechtgelegt, und dazu gehörte nicht, dass seine erste Konfrontation mit diesem »Schatz« vor dieser Frau stattfinden sollte. Falls Beteiligte etwas abbekamen, dann sollte das erstens ich und zweitens der »Schatz« sein, nicht aber die fremde Frau und Eisbär.

Auf den ersten Blick wirkte der Hund im Vergleich zu Eisbär so groß wie eine dänische Dogge, was er natürlich nicht war. Leider aber war er keineswegs klein und, trotz seiner Größe, offensichtlich auch noch sehr jung. Und ebenso offensichtlich kam er einem noch völlig unabgerichteten Tier so nahe, wie man es sich nur vorstellen kann. Schließlich war zwar seine Abstammung ungewiss, eines aber lag auf der Hand: Er war irgendein Retriever-Mischling. Von allen Hunderassen sind Retriever wohl die liebenswertesten Geschöpfe, zugleich aber kommen sie in der ganzen Tierwelt einem Perpetuum mobile am nächsten. Der Neuankömmling war ein Hund von jener Sorte, die kein normales Gehen kennt, nur Rennen, Springen und Hüpfen. Tatsächlich hatte ihm die Frau bereits den Namen Sprinter gegeben.

Sobald sie Sprinter von der Leine gelassen und diese mir ausgehändigt hatte, öffnete ich die Wohnungstüre und marschierte – soweit man mit einem solchen Tier marschieren kann – auf mein Schlafzimmer zu. Unterwegs hielt ich angestrengt nach Eisbär Ausschau. Ich sah ihn zwar nicht, nahm aber an, dass er zumindest etwas bemerkt hatte.

Kaum hatte ich die Schlafzimmertür geschlossen, sprang Sprinter dagegen. Ich nahm jedoch davon keine Notiz, und nachdem ich ihm Wasser geholt hatte, schloss ich die Tür wieder und begab mich auf die Suche nach Eisbär. Er hatte sich, wie nicht anders zu erwarten, auf den Kaminsims zurückgezogen. Offensichtlich hatte er etwas gesehen, denn er war in höchster Alarmbereitschaft. Ja, er saß so starr da, dass er genauso wie eine meiner Tierfiguren auf dem Kamin aussah. Aus seinem Blick sprach unverkennbar, dass er sich als einen der letzten Krieger in Troja und mich als den Griechen betrachtete, der das Trojanische Pferd hereingeführt hatte.

»Nun, Eisbär«, sagte ich, »jetzt sei mal nicht so. Das ist doch nur ein kleiner« – ich stolperte über das Wort »kleiner« – »Freund. Ein gutartiges Kerlchen, das kein Zuhause hat.« Eisbär sah mich unverwandt an, bis ich schließlich meine Erklärung korrigierte.

Nun ja, fuhr ich fort, vielleicht sei er ja ein bisschen groß, trotzdem aber, betonte ich, ein junges Hündchen. Verzweifelt suchte ich nach Argumenten, die ihn zu überzeugen vermochten.

Es gelang mir nicht. Die Vorstellung, dass der Hund, jetzt schon so riesig, noch größer werden würde, behagte Eisbär offensichtlich ganz und gar nicht. Ich versuchte es anders. Es sei ja nicht einmal meine Schuld, jemand anders habe den Hund zu uns gebracht, aber jetzt seien wir beide gefordert, uns als Gastgeber zu bewähren. Sprinter sei unser Gast, und wir gäben ja schließlich nicht unser Heim auf, sondern träten nur ein Stückchen davon – und auch das nur vorübergehend – an ein Geschöpf ab, das in höchster Not sei, genauso wie er selbst einmal, woran er sich wohl erinnern werde.

Eisbärs Antwort auf diese Argumentation bestand darin, dass er selbst zum Angriff überging. Er sprang vom Kaminsims und flitzte zur Schlafzimmertür, wo ihm, wie er wohl wusste, keinerlei Gefahr drohte. Dann kratzte er daran und gab kriegerische »Ajaus« von sich. Das regte natürlich Sprinter auf, und zwar derart, dass er nicht nur an seiner Seite der Tür ebenfalls kratzte, sondern auch noch laut zu bellen begann.

Ich setzte mich hin. Mir war durchaus bewusst, dass neue Hunde und alteingesessene Katzen – oder auch umgekehrt – nie zusammengebracht werden sollten, ehe sie in gehöriger Form miteinander bekannt gemacht wurden. Vielleicht, dachte ich hoffnungsvoll, gehört das alles zum beiderseitigen Gewöhnungsprozess.

Also ließ ich Eisbär so lange kratzen und miauen und Sprinter gegen die Tür springen und bellen, wie ich es aushalten konnte. Schließlich ging ich hin, hob Eisbär auf und trug ihn in die Küche. Dann, während er sein Essen fraß, nutzte ich die Gelegenheit, für Sprinter eine Schüssel mit Hundefutter herzurichten, und trug sie ins Schlafzimmer. Ich dachte, Eisbär sei zu beschäftigt, um mitzubekommen, was ich tat.

Darin täuschte ich mich. Er blickte von seinem Napf hoch – was sonst nur sehr selten geschieht – und beobachtete mich mit einem Ausdruck, der sein Verhalten vorher als geradezu freundlich erscheinen ließ. So, sagte er, jetzt fütterst du dieses Ungeheuer auch noch. In seinen Augen hatte ich den Gipfel der Verräterei erreicht.

Nachdem Sprinter gefressen hatte, fand ich, es sei an der Zeit für einen Spaziergang. Eisbär ignorierend, führte ich den Hund zur Tür und blieb nur kurz stehen, um mein Fahrrad aus dem Einbauschrank zu holen. Alsbald war ich mit ihm und dem Rad unterwegs.

Sprinter betrug sich an der Leine überraschend brav, selbst neben dem Fahrrad. Und als wir bei den Schachtischen im Central Park ankamen, saß er zwar keineswegs still, verhielt sich aber, zumindest nach seinen Begriffen, relativ ruhig, während ich meine Partie spielte. Er fand auch viel Anklang bei einigen meiner Schachpartner, und als ich dann den Heimweg antrat, war ich voller Optimismus, dass die Frau ein Zuhause für ihn finden werde.

Am Abend überlegte ich, dass es eigentlich nicht fair wäre, Eisbär draußen im Wohnzimmer zu lassen, während Sprinter bei mir im Schlafzimmer war. Und so hob ich den Kater auf und hielt ihn so hoch, dass Sprinter ihn selbst mit seinem höchsten Sprung nicht erreichen konnte, trug ihn ins Schlafzimmer und vertauschte so die Zimmerreservierungen der beiden. Obwohl ich nicht gerade eine geruhsame Nacht verbrachte – mit dem endlosen Schnüffeln der beiden Parteien am unteren Türrand –, war es doch nicht so schlimm, dass es mich davon abbrachte, am folgenden Morgen meinen großen Plan für eine Beendigung unserer lächerlichen häuslichen Apartheid ins Werk zu setzen.

Es sollte eine Begegnung Aug in Aug werden, und ich arbeitete die Details so sorgfältig aus, als ginge es um ein Gipfeltreffen. Ich stellte zwar keine richtiggehende Tagesordnung auf, traf aber so ungefähr alle sonstigen Vorbereitungen. Ich würde mich, so beschloss ich, zwischen die beiden Kontrahenten knien und die ganze Zeit in dieser Stellung verharren, während ich mit der rechten Hand Sprinter an seiner Leine festhielt und mit der linken Eisbär bändigte. Außerdem würde ich sorgfältig auf alle Geräusche aufpassen, die sie von sich gaben, und sollte Sprinter ein lautes Knurren oder Eisbär ein bedrohliches Zischen ausstoßen, würde ich die Operation abbrechen. Andererseits gedachte ich, alle kleineren Drohungen zu ignorieren und, wenn es sich irgend machen ließ, nicht zuzulassen, dass das Renkontre abgebrochen wurde, bis es, wenn schon nicht zu einem dauerhaften Frieden, so doch wenigstens zu einem temporären Camp David kam.

Ich war so stolz darauf, wie ich alles geplant hatte, dass ich voll Zuversicht von meinem Vormittagsspaziergang mit Sprinter zurückkam. Ich öffnete die Wohnungstür und, statt nach links ins Schlafzimmer abzubiegen, schritt ich munter in mein Wohnzimmer. Als ich nicht abbog, sprang Eisbär natürlich sofort auf den Kaminsims. Dies konnte ich nicht zulassen, weil es meinen Plan zunichtemachte, mich zwischen den beiden auf den Boden zu knien. Und so griff ich, in meiner rechten Hand die Leine mit Sprinter, mit der linken nach dem Kater auf dem Kaminsims. Ich hätte genauso gut nach Quecksilber greifen können. Noch immer den Hund fest im Griff, tastete ich ein ums andere Mal hin. Doch es nützte nichts. Ich konnte Eisbär nicht erreichen, geschweige denn erwischen. Schließlich blieb mir nichts anderes übrig, als die ganze Begegnung in einer grotesk verrenkten Haltung zu moderieren: meine Linke tastete noch immer nach dem Kater, während die Rechte bemüht war, Sprinter daran zu hindern, einen Satz zum Kaminsims hinauf zu machen.

Na schön, sagte ich stumm zu mir, meine Friedensbemühungen kommen zwar nur langsam in Fahrt, aber zumindest kann die Sache nicht schlechter werden. Und sie wurde es auch nicht. Ich gab nicht auf, aber nachdem ich, wie es mir vorkam, eine Stunde lang zwischen den beiden gestanden hatte, ohne dass Eisbärs Einstellung sich auch nur um ein Jota verändert hätte, musste ich wohl oder übel einsehen, dass die Chancen, der Kater werde dem Hund jemals irgendein Recht, selbst das bloße Existenzrecht, zugestehen, praktisch gleich null waren.

Mit all der Würde, die ich noch aufbieten konnte, führte ich Sprinter ins Schlafzimmer und schloss die Tür, doch diesmal ging ich nicht hinaus zu Eisbär, sondern blieb bei dem Hund. Ich war entschlossen, Eisbär unmissverständlich klarzumachen, was ich von seiner erbärmlichen Außenpolitik hielt.

Nachdem ich später am Nachmittag Sprinter noch einmal ausgeführt hatte, ging ich ins Wohnzimmer, um mit Eisbär ein Wörtchen zu reden. Ich war zwar von seinem Verhalten nicht entzückt, sah aber ein, dass das Vorgefallene keineswegs nur seine Schuld gewesen war. Die Antipathie zwischen Katze und Hund ist tief eingewurzelt, und Sprinter war schließlich in Eisbärs Revier eingedrungen. Zudem war von Eisbär kaum zu erwarten, er werde verstehen, dass Sprinters Gegenwart nur vorübergehend war.

Als ich ins Zimmer trat, rief ich in fröhlichem Ton seinen Namen. Ich ließ es mir angelegen sein, das anstößige »Komm!« zu vermeiden, und ersuchte nur mit meinem üblichen »Wo ist mein Eisbär?« um sein Erscheinen. Keine Reaktion. Ich rief lauter. Wieder nichts. Ich begann mich nach ihm umzusehen und suchte das ganze Wohnzimmer ab. Ich schaute unters Sofa und unter den Schreibtisch. Ich kontrollierte die Einbauschränke. Und während ich weitersuchte, erinnerte mich das Ganze immer mehr an seine erste Nacht bei mir. Und das wieder erinnerte mich daran, in den Geschirrspüler zu schauen. Aber er war nicht darin. Er war nirgends.

Na schön, dachte ich, er spielt halt ein Spiel, und ich kann ja mitspielen. Als ich wieder in die Küche ging, öffnete ich den Kühlschrank. Jetzt, war ich mir sicher, würde er angesprungen kommen.

Doch der Kühlschrank lockte ihn nicht herbei. Ich nahm die Suche wieder auf und guckte in alle Ecken. Dabei wurde ich immer besorgter. Er musste aus der Wohnung entwischt sein.

Aber wie hatte er das geschafft? Die Tür war nicht geöffnet worden. Doch beim weiteren Überlegen fiel mir ein, dass sie doch geöffnet worden war: als ich mit Sprinter weggegangen und mit ihm zurückgekommen war. Und beide Male hatte ich mit ihm und dem Fahrrad alle Hände voll zu tun gehabt und nicht weiter auf Eisbär geachtet, weil ich mich über ihn so geärgert hatte. So konnte es durchaus möglich gewesen sein, dass er sich irgendwie hinausgeschlichen hatte und durch den Korridor davongeflitzt war. Doch als ich mir die Sache noch einmal durch den Kopf gehen ließ, sagte ich mir: Nein. Ich hätte ihn doch bestimmt gesehen.

Ich rief wieder nach ihm, laut und inzwischen verzweifelt. Und während ich die Suche wiederaufnahm, überdachte ich noch einmal die Möglichkeit, dass er entwischt war, und entschied: Ob nun beim Weggehen mit Sprinter oder bei der Rückkehr – die Möglichkeit bestand auf jeden Fall.

Mittlerweile ernstlich besorgt, ging ich hinaus in den Korridor. Die Leute in den Wohnungen auf meiner Etage kannten meine Katze. Aber könnte es nicht sein, dass er das Stockwerk verlassen hatte, vielleicht durch die Tür zur Feuerleiter, die jemand geöffnet hatte, oder vielleicht durch die zum hinteren Lift? Vielleicht hatte Eisbär sich in den hinteren Aufzug geschmuggelt. Oder vielleicht sogar in den vorderen, als die Tür aufging und jemand heraustrat. Aber, so fragte ich mich, wenn jemand, der in dieser Etage ein- oder ausgestiegen ist, ihn hineinspazieren sah, hätte er dann nicht bemerkt, dass der Kater allein war, ihn aufgehoben, herauszufinden versucht, wem er gehörte, und ihn mir zurückgebracht?

Natürlich gab es noch andere Möglichkeiten – ein Besucher oder ein Lieferant. Sie hätten natürlich nicht gewusst, wohin Eisbär gehörte, vielleicht sogar gedacht, es sei seine Gewohnheit, allein in den Lift einzusteigen.

Ich merkte, dass ich in meiner Aufregung nicht mehr klar denken konnte. Als Erstes musste ich herauszubekommen versuchen, wohin er gelaufen sein könnte, falls es ihm gelungen war zu entwischen. Ich fuhr mit dem Aufzug nach unten und teilte George und Jimmy, den Pförtnern am Vorder- beziehungsweise Hintereingang, die schlechte Nachricht mit: Eisbär war ausgerissen. Ich bat sie, so freundlich zu sein, es weiterzusagen.

Jedermann nahm großen Anteil. Raymond, der Hausmeister, erbot sich, mir zu helfen, oben auf dem Dach und auch unten im Keller nachzusehen – zwei Möglichkeiten, die ich in meiner Verwirrung nicht einmal erwogen hatte.

Nachdem Raymond und ich alle denkbaren Verstecke abgesucht hatten und alle Leute, deren ich habhaft werden konnte, von meinem Verlust in Kenntnis gesetzt worden waren, fuhr ich wieder nach oben und rief Marian an. Sie wollte sofort herüberkommen.

Gemeinsam mit ihr suchte ich noch einmal; nur fahndeten wir diesmal nicht nur inner-, sondern auch außerhalb meiner Wohnung. Ich äußerte die Befürchtung, dass er sogar in den Central Park gelaufen sein könnte – schließlich kannte er ihn ja seit unserem unseligen Ausflug.

Wir hatten kein Glück. Eisbär war nirgends, und es wurde allmählich dunkel. In meine Wohnung zurückgekehrt, schmiedeten wir Pläne. Am nächsten Vormittag wollten wir sämtliche Tierasyle anrufen, Zeitungsinserate aufgeben, jene rührenden Verlustanzeigen schreiben, wie man sie auf Zetteln an Telefonstangen und Baumstämmen findet. Während wir unsere Planung ausarbeiteten, sagte ich zu Marian, dass ich niemandem außer mir selbst die Schuld geben könne. Ich hätte Eisbär ein anderes Tier vor die Nase gesetzt und ihm das Gefühl der Geborgenheit genommen. Er habe gedacht, er sei nicht mehr erwünscht, und getan, was er nach seiner Meinung habe tun müssen: fortlaufen. Er würde sicher von einem Hund totgebissen, unter ein Auto geraten oder in einem Versuchslabor landen. Und es geschähe mir nur recht, weil ich allein an allem schuld sei. Aber er allein würde der Leidtragende sein.

Marian ließ mich nicht in diesem Ton fortfahren. »Ich bin noch immer nicht überzeugt«, sagte sie, »dass er überhaupt aus der Wohnung rausgekommen ist. Vielleicht ist er doch noch da.« Und damit begab sie sich noch einmal auf die Suche. »Haben Sie schon hinter den Büchern nachgesehen?«, fragte sie. Ich gab zu, dass ich es nicht getan hatte, aber da Eisbär mittlerweile so groß sei, wäre es doch so gut wie unmöglich, dass er sich dahintergezwängt hatte. Trotzdem schauten Marian und ich dort nach, wie am allerersten Abend, nachdem ich Eisbär von der Straße geholt hatte. Doch wir fanden nichts.

»Haben Sie die Einbauschränke wirklich gefilzt?«, wollte Marian wissen. Ich erinnerte sie daran, dass wir bereits mindestens zweimal in jeden geschaut hatten. Trotzdem wollte sie es unbedingt ein drittes Mal tun. Und als sie beim letzten angelangt war, fragte sie mich, ob ich mir das alleroberste Fach vorgenommen hätte. Ich war inzwischen so entmutigt, dass ich nicht recht hinhörte. Aber als sie ihre Frage wiederholte, wies ich sie darauf hin, dass das oberste Fach mehr als dreißig Zentimeter über meinem Kopf und mindestens zwei Meter zwanzig über dem Fußboden war und dass Eisbär einen solchen Sprung schwerlich geschafft haben könnte. Er sei ja schließlich kein Känguru.

Doch Marian ist, wie schon gesagt, eine sehr gründliche Person. Ob es für den Kater eine Möglichkeit gegeben hatte, dort hinaufzukommen oder nicht, sie war entschlossen nachzusehen. Wir holten die Trittleiter aus der Küche, und als Marian auf der obersten Stufe stand, musste sie buchstäblich einen

Klimmzug machen, um das oberste Fach zu inspizieren. Plötzlich blickten ihre Augen in ein anderes Augenpaar.

»Ajau«, sagte er.

Wir kamen nie richtig dahinter, wie Eisbär es fertiggebracht hatte, dort hinaufzuspringen. Doch er hatte es geschafft. Und eines stand für uns beide fest: Er wusste ganz genau, dass wir wie die Verrückten nach ihm suchen würden. Er war entschlossen gewesen, uns und insbesondere mir eine Lektion zu erteilen, die ich nie vergessen würde.

Und natürlich vergaß ich sie nie. Indessen, in diesem Augenblick war ich so froh, ihn wiederzusehen, dass ich jede Lektion geschluckt hätte. Die Welt war wieder in Ordnung. Am Montagvormittag erschien die Frau, um Sprinter abzuholen. »Ich habe ein wunderbares Zuhause für ihn gefunden«, sagte sie, als sie eintrat, ich ihn an die Leine legte und ihn ihr übergab. Ich sagte, er verdiene es, denn er sei ein wunderbarer Hund. »Übrigens«, fragte sie an der Tür, »wie ist er denn mit Ihrer Katze ausgekommen?« Ich drehte die Hände hin und her und antwortete: »So lala.«

9
Seine Innenpolitik

Nach Eisbärs Außenpolitik gegenüber anderen Tieren will ich mich nun, in diesem Schlusskapitel, seiner Innenpolitik zuwenden – die genau genommen seine Außenpolitik gegenüber Menschen ist. Ich möchte jedoch eine mahnende Bemerkung vorausschicken: Im Bereich der Innenpolitik begegnen wir einem weiteren Beweis dafür, dass Eisbär und ich zwar in vielem ähnlich eingestellt, aber doch zwei sehr verschiedene Charaktere sind. Es war ja schon die Rede davon, wie unterschiedlich wir uns verhalten, wenn wir krank sind.

Ich zum Beispiel mag neue Leute, ich habe ungemein viel für beinahe alle neuen Gesichter übrig.

Verglichen mit Eisbär, verhält sich ein durchschnittlicher Hund gegenüber neuen Leuten wie der Conférencier beim Miss-Amerika-Schönheitswettbewerb. Ein Hund dieser Art rennt auf den ihm noch unbekannten Menschen zu und begrüßt ihn, als wäre es sein sehnlichster Wunsch, gerade diese Person kennenzulernen. Der oder die Betreffende fühlt sich natürlich sofort aufs höchste geschmeichelt. Und dieser Zustand wird vermutlich anhalten – besonders dann, wenn man dem Verhalten des Hundes durch den Spruch Nachdruck verleiht, den so viele Hundebesitzer so gern von sich geben: Man habe den Hund gegenüber anderen Leuten noch nie so erlebt. Ich habe mir schon oft gedacht, dass dieser Satz wegen seiner so leicht zu durchschauenden Verlogenheit dem Hundebesitzer eigentlich im Hals stecken bleiben müsste, aber das kommt kaum je vor. Denn den Leuten gefällt die Vorstellung, dass sie auf Tiere sympathisch wirken, und der Hundebesitzer wird sofort feststellen, dass ihm die betreffende Person aus der Hand frisst. Zugleich, überflüssig zu sagen, wird der Hund alsbald diesem Menschen aus der Hand fressen und vermutlich auch so manches, was sehr schlecht für ihn ist.

Doch lassen wir das. Der Katzenliebhaber oder jedenfalls derjenige, der einen Kater wie Eisbär zum Besitzer hat, hat kein so leichtes Leben. Für ihn besteht nicht die geringste Möglichkeit, dass seine Katze gegenüber einem Fremden gewissermaßen einen Eisbrecher oder auch nur ein Gesprächsthema abgeben wird – schon deswegen, weil sie weit und breit nicht zu sehen sein wird.

Wenn beispielsweise eine für ihn neue Person

meine Wohnung betrat, wollte Eisbär als Erstes wissen, was der betreffende Mensch als Entschuldigung vorbringen könne, ihn zu dieser Stunde zu stören – und mit »dieser Stunde« war natürlich jede beliebige, waren sämtliche vierundzwanzig Stunden des Tages gemeint. Als Zweites wollte er wissen, ob an dieser empörenden Störung seines Tagesablaufs eventuell etwas Positives sein könne; wenn der Unbekannte beispielsweise Platz nahm und zu einer Tasse Kaffee oder einem Drink eine Kleinigkeit aß, mochte für ihn, Eisbär, etwas abfallen. Doch diese Möglichkeit wurde seiner Ansicht nach bei weitem durch die negativen Aspekte aufgewogen: Der Besucher war entweder laut oder temperamentvoll oder interessierte sich zu viel für ihn, oder es war jemand, der mich ihm entführen wollte.

Einerlei, um wen es sich handelte, und besonders wenn der Betreffende längere Zeit zu bleiben gedachte, wollte Eisbär die Gelegenheit haben, ihn erst zu beobachten und sich über ihn klarzuwerden. Das tat er dann vom einen oder anderen seiner beiden Lieblingsposten aus: Hielt sich der Betreffende im Wohnzimmer auf, saß Eisbär unter dem Sofa, befand sich der Besucher im Schlafzimmer, kauerte der Kater unter dem Bett.

Wenn ein Gast tatsächlich länger blieb, gab es immer die Möglichkeit, dass er früher oder später Eisbär erspähte, entweder wenn ein Stück von ihm zum

Vorschein kam oder wenn er beschlossen hatte, sein Versteck zu verlassen und in ein anderes Zimmer oder auf den Balkon zu gehen. In diesen Fällen kam es mir sehr zustatten, dass ich eine wahre Litanei von Entschuldigungen auf Lager hatte. Einer meiner Lieblingssprüche ist schon immer gewesen: »Gegenüber Fremden ist er ein bisschen schüchtern.« Andere haben beinahe ausnahmslos mit dem Tierarzt zu tun, so etwa: »Er ist gerade erst aus der Praxis zurückgekommen« oder: »Er hat gerade seine Spritzen bekommen« oder auch das allgemeine »Es geht ihm seit einigen Tagen nicht so gut«.

Anfangs dachte ich, Eisbärs Haltung gegenüber neuen Gesichtern erkläre sich daraus, dass ihm als einer streunenden Katze übel mitgespielt worden und er daher voller Misstrauen gegen alle Leute sei, die sich nicht als vertrauenswürdig bewährt hatten. Doch schon bald stellte ich fest, dass das nicht unbedingt zutraf. Eher handelte es sich um eine Eigenheit wenn nicht aller, so doch einiger Katzen – ganz unabhängig davon, ob sie reinrassige Tiere sind oder nicht.

Das Seltsame an Eisbärs Verhalten war, dass er gegenüber Leuten, die er schon kannte, so freundlich war. Marian beispielsweise behandelte er ungemein liebevoll. Stundenlang saß er auf ihrem Schoß, und selbst wenn sie mir bei etwas helfen musste, was in seinen Augen unverzeihlich war – ihm etwa eine Pille zu verpassen –, ließ er es hinterher mich, nicht aber sie entgelten.

Es gab noch andere Leute, denen er aufrichtig zugetan war. Meistens handelte es sich um andere Tierfreunde, die entweder in meiner Abwesenheit bei mir logierten oder vorbeischauten und sich um ihn kümmerten, wenn sowohl Marian als auch ich nicht da waren.

Eisbär machte auch wenig Schwierigkeiten, was meine Schachpartner anging, selbst wenn ein neues Gesicht unter ihnen war. Dem Schachspiel selbst stand er zwiespältig gegenüber. Er sah einige Vorzüge daran, etwa den Mangel an Lärm und auch, dass in der Regel außer mir nur noch eine weitere Person daran beteiligt war. Doch es gab am Schach auch zwei Dinge, die ihm missfielen. Das eine war, dass sich für ihn die Partien endlos in die Länge zogen, das andere der tierische Ernst, den die Leute dabei an den Tag legten. Wenn Eisbär zum Beispiel etwas Wichtiges zu erledigen hatte und der kürzeste Weg zu seinem Ziel quer über das Schachbrett führte, konnte er nicht begreifen, warum ein solcher Wirbel wegen ein paar Figuren aufgeführt wurde, die er dabei auf den Boden warf.

Von den eben erwähnten Leuten abgesehen, lassen sich die neuen Gesichter, die Eisbär sonst noch gefielen, an den Fingern einer Hand abzählen. Eines davon war meine Enkelin Zoe. Als Zoe zum ersten Mal erschien, wurde sie von meiner Tochter Gaea und deren Ehemann, Sam, begleitet, und da sie mithin zu dritt kamen und Eisbärs Limit bei zwei lag, flüchtete er sich sofort auf seinen Posten unterm Bett. Darauf kroch Zoe prompt unter die Liegestatt und zog ihn hervor – was ihm zu meiner Verblüffung zu gefallen schien.

Ich fand mich auch nicht bereit, eine Gewohnheit abzulegen, die immer wieder Anlass geliefert hatte, dass Eisbär und ich uns in die Haare gerieten. Dabei ging es nur darum, dass ich hin und wieder eine Party gab. Einladungen waren ihm verhasst. Dass eine solche im Anzug war, spürte er schon lange vor dem Eintreffen des netten jungen Paares, das gewöhnlich die Speisen und Getränke lieferte. Ich bin nie dahintergekommen, wie er das anstellte – ob es die plötzlich zunehmenden Anrufe waren, ob es davon kam, dass Marian Möbelstücke umstellte und Blumen brachte, oder ob ihm ein extralanger Krieg gegen Rosa und den Staubsauger einen Tipp gab. Aber was es auch war, wenn der Tag der Party kam und die Speisen und Getränke eintrafen, war Eisbär bereit, seine Nummer abzuziehen.

Während sich das junge Paar in der Küche zu schaffen machte und ich den beiden aus dem Wohnzimmer hilfreiche Ratschläge erteilte, schritt Eisbär vor mir auf und ab und verharrte bei jeder Kehrtwendung gerade lange genug, um mir einen vernichtenden Blick zuzuwerfen. »Du weißt ganz genau«, pflegte er unsere Zwiesprache zu beginnen, »was mir das letzte Mal passierte, als du eine Party gabst.«

Da ich diese Ansprache schon mehrmals gehört hatte, war ich nicht in der Stimmung, sie noch einmal über mich ergehen zu lassen, und deshalb unterbrach ich ihn. Ja, ich wisse, was ihm passiert sei, erklärte ich. Im selben Augenblick, als der erste Gast erschien, hatte Eisbär sich unters Bett verkrochen, und hervorgekommen war er erst wieder, als sich der letzte Gast verabschiedet hatte.

Nun unterbrach er seinerseits mich. »Ich spreche nicht davon, wo ich glücklicherweise eine Zuflucht fand«, sagte er, »sondern von dem, was nachher geschah. Du hast es vermutlich vergessen, aber ich stand mindestens drei Tage an der Schwelle des Todes.«

Ich sagte, dass er hirnverbrannten Blödsinn daherrede. Es sei ihm bestens gegangen, nur habe er sich krank gestellt, weil er geglaubt habe, ich hätte die Party absichtlich gegeben, um ihn krank zu machen.

»Und die mir, ob du es weißt oder nicht«, unterbrach er mich abermals, »wahrscheinlich mein kleines, kurzes Leben verkürzt hat.«

Wenn er darauf anspielte, fand ich immer, dass das wirklich unter die Gürtellinie gezielt sei. Wir redeten, erwiderte ich, nicht über die Kürze des Lebens von weiß Gott wem. Worüber wir redeten oder zumindest reden sollten, sei die Tatsache, dass ich hin und wieder eine Party gebe, weil ich mich eben dafür revanchieren wolle, dass Leute mich netterweise zu ihren eigenen Partys eingeladen hatten.

Natürlich gab er sich nicht die geringste Mühe, das zu verstehen. In seinen Augen bestand keine Notwendigkeit, Partys zu geben, um sich Leuten erkenntlich zu zeigen, die mich zu ihren eingeladen hatten, ja er sah nicht einmal ein, warum ich überhaupt zu ihren Partys ging. Stattdessen sollte ich, zumindest höflichkeitshalber, die letzten Abende, die ihm hienieden wahrscheinlich noch beschieden waren, in meinem eigenen Heim verbringen, allein mit ihm.

Darauf erklärte ich ihm, dass ich von diesem Gejammer einfach nichts mehr hören könne. Ich pflegte auch hinzuzufügen, dass er höchstenfalls zwei Jahre alt sei und noch die zehnfache Zeit vor sich habe, falls er nicht entschlossen sei, sich durch seine bodenlose Sturheit alle möglichen Nervenleiden zuzuziehen, die ihn tatsächlich vor der Zeit ins Grab bringen könnten. Aber, warnte ich ihn, sollte es dahin kommen, dann wäre daran nicht ich, sondern er ganz allein schuld.

Schließlich sagte ich zu ihm, ich hätte doch angenommen, er werde zur kommenden Party keine so lächerliche Haltung einnehmen, wie er es bei meinen früheren Einladungen getan habe. Immerhin jähre sich der Tag, an dem ich ihn von der Straße geholt hatte, und ich fände, ich hätte immerhin ein Recht darauf, mir etwas Erfreulicheres zu erwarten als seine alte Nummer, sich unsichtbar zu machen. Ich gab freimütig zu, dass zu der Party vielleicht ein paar neue Gesichter erscheinen würden, aber er werde auch viele ihm bereits bekannte sehen – Leute wie etwa Sergeant Dwork, meinen Bruder und seine Frau und sogar Mrs. Wills. Außer diesen würden auch Leute kommen, die er viel besser kenne: meine Tochter Gaea, meine Enkelin Zoe, Jeanne Adlon und Caroline Thompson, die ihm die Katzenminze mitgebracht hatte. Sogar ein paar seiner alten Freunde aus Kalifornien, wie beispielsweise Paula Deats, würden erscheinen.

Ich legte ihm alles sehr genau dar, und als der erste Gast eintraf, hatte ich noch eine gewisse Hoffnung. Doch sie zerschlug sich, als das zweite Paar an der Wohnungstür klingelte. Eisbär hatte sich verdrückt.

Marian und ich dachten uns ein System aus, wie wir, während die Leute kamen und gingen, die Tür im Auge behalten und verhindern könnten, dass er sich gleichfalls absetzte. Und gelegentlich und so unauffällig wie möglich linsten wir unters Bett, um uns zu vergewissern, dass er noch dort war. Leider waren meine Kontrollblicke nicht unauffällig genug, um dem scharfen Auge von Walter Cronkite, dem bekannten Fernsehkommentator und Journalisten, zu entgehen. Er wollte wissen, was ich da täte.

Ich drehte mich um, schaute zu ihm auf und gestand ihm, dass ich nach meiner Katze gesehen hätte. Walter liebt Katzen und hatte zu jener Zeit selbst eine: Seine Tochter hatte ihm das Tier vorübergehend in Obhut gegeben, aber Walter hatte sich so sehr daran gewöhnt, dass er es nicht mehr hergab. »Eine Katze?«, fragte er. »Sie haben eine Katze? Wie heißt sie denn?« Er kauerte sich neben mich vor das Bett und spähte gleichfalls darunter. »Hei, Eisbär«, sagte er lockend. »Komm her, Eisbär!«

Mochte Walter Cronkite auch in ebendiesem Jahr von einer großen Mehrheit des amerikanischen Fernsehpublikums zum »vertrauenswürdigsten Mann« gewählt worden sein, für meinen Kater bedeutete eine solche Auszeichnung nichts. Walter war für ihn einfach ein neues Gesicht, und Eisbär drückte sich, falls das möglich war, noch dichter an die Wand hinter dem Bett.

Doch als Walter und ich uns hochrappelten, stießen wir ungeschickterweise gegen das Schachbrett, das ich auf einem Tischchen im Schlafzimmer deponiert hatte und an dem Mr. George S. Scott in ein titanisches Ringen gegen eine Gegnerin vertieft war, die ich eigens für ihn ausgesucht hatte – eine junge Frau, die hohes Ansehen als Turnierspielerin genoss.

George, der Eisbär schon kannte, wurde plötzlich aufmerksam und wollte wissen, wo der Kater sei. Ich deutete hilflos unters Bett. »Was zum Teufel soll das denn heißen, er ist unterm Bett?«, fragte George. »Er kann doch nicht den ganzen Abend dort unten verbringen!« Kurzerhand und in jenem berühmten schnarrenden Ton, mit dem er im Film »Patton« die Dritte Armee in den Kampf geschickt hatte, erteilte er nun Eisbär seinen Marschbefehl. »Los, Eisbär, komm hierher!«

Ich lächelte George mitleidig an. Katzen, so klärte ich ihn auf, hörten auf so etwas nicht. Nur Hunde. Georges eigener Hund, die Bulldogge Max, vermutlich auch. Katzen aber nie, und schon gar nicht Eisbär. Er werde einfach nicht …

»Er wird einfach nicht – was?«, fragte George in scheinheilig-mildem Ton. Denn just in diesem Augenblick und höchst nonchalant wirkend war Eisbär zum Vorschein gekommen. Er schritt zu George hin, streckte sich, und dann, vor aller Augen, salutierte er gewissermaßen.

Es war nur ein weiterer Beweis, falls ein solcher gebraucht wurde, dass seine Innenpolitik – wie seine Außenpolitik – ihre Ausnahmen hatte.

Als ich am folgenden Morgen erwachte, stand Eisbär auf dem Bettvorleger und betrachtete mich angelegentlich. Ich sah sofort, dass er nicht seine am Tag nach einer Party übliche Nummer »an der Schwelle des Todes« abzog. Entweder hatte er aus Vergesslichkeit nicht daran gedacht oder, Wunder aller Wunder, er gewöhnte sich langsam tatsächlich daran, dass es hin und wieder eine Einladung gab.

Er stand in beinahe der gleichen Haltung da wie an jenem Weihnachtsmorgen ein Jahr vorher, und er sah mich auch beinahe genauso an wie damals. Doch inzwischen war er ein Kater, der sich sehr verändert hatte. Anstelle des dürren, verletzten und verängstigten Tiers, das beschlossen hatte, mit mir sein Glück zu versuchen, stand da ein Kater von hinreißender Schönheit, mit glänzendem Fell und feist – oder vielmehr, berichtigte ich mich, stattlich –, und seine hellgrünen Augen schauten mich mit einem langen, zufriedenen Blick an. Wenn meine Ohren mich nicht trogen, schnurrte er.

Ich lag da und sah ihn nachdenklich an – und dachte an die unglaubliche Veränderung, die er in mein Leben gebracht hatte. Doch als ich den Blick nicht von ihm ließ, hörte er auf zu schnurren. Die Augen verengten sich langsam, und sein Schwanz begann zu zucken. Gefühle, gab er mir klar zu verstehen, seien ja schön und gut, doch erwachsene Individuen sollten sich nicht zu sehr gehenlassen. Partys hin oder her, das Leben gehe weiter, und wolle ich denn nicht aus dem Bett steigen und ihm sein Frühstück machen? Und für den Fall, dass mir nicht ganz klar war, was er wollte, setzte er seine Stimme ein.

»AJAU!«, sagte er.

»Was heißt da ›ajau‹?«, antwortete ich, als ich ihn auf dem Weg in die Küche hochhob. »Fröhliche Weihnachten!«

Schlusswort

Alles, was ich in diesem Buch geschildert habe, spielte sich während des ersten Jahres ab, das Eisbär bei mir verbrachte. Und das liegt jetzt, während ich diese Zeilen schreibe, schon fast ein Jahrzehnt zurück.

Ich weiß natürlich, dass in den meisten Büchern mit einem Tier als Mittelpunkt dieses Tier am Ende stirbt. Auf Eisbär trifft das gottlob nicht zu. Er lebt und ist, danke für die Nachfrage, putzmunter. Weder er selbst noch ich betrachten ihn als einen alten Kater. Wenn irgendein junger Gernegroß daherkommt und es nötig wird, auf die Rangordnung zu verweisen, benutzen wir vielleicht den Ausdruck »gereift«, nie aber »alt«.

Eisbär ist heute ein Katzensenior, mit all den Rechten und Privilegien, die sich mit diesem Titel verbinden. Er fährt zwar nicht zu einem ermäßigten Fahrpreis im Bus und zahlt auch fürs Kino nicht weniger – aber nur, weil er überhaupt nicht gerne reist und weil ihm die meisten modernen Filme ohnehin nicht zusagen würden.

In mancher Hinsicht ist er, wie ja vielleicht auch sein Biograph, allmählich immer mehr zum Brummbären geworden. Er empfindet zum Beispiel sehr stark, dass in unserem Leben viele Veränderungen eingetreten sind, und nicht in jedem Fall zum Besseren. Er hat zu viele Beispiele von schlechtem Service, unnötiger Bevormundung, mangelndem Respekt und, in Werbespots, das immer wiederkehrende Ärgernis von schauspielernden jungen Katzen erlebt, die ihr Handwerk nicht gelernt haben. Doch zugleich ist er in anderen Bereichen, von denen in diesem Buch die Rede war, weniger kritisch geworden.

Das betrifft unter anderem herrenlose Tiere, die sich vorübergehend bei uns aufhalten. Ich will nicht behaupten, dass er sie mit inniger Freude begrüßt, doch heute legt er ihnen gegenüber wenigstens mehr philosophische Gelassenheit an den Tag als damals, in jenem ersten Jahr.

Ich habe auch eine gewisse – *gewisse* – Verbesserung an seinem Verhalten gegenüber neuen Leuten festgestellt. Wenn er beispielsweise besonders gemütlich auf dem Sofa liegt und es erscheint ein neues Gesicht, macht er sich heute oft nicht einmal die Mühe, wie ein Blitz herabzuspringen und sich unterm Sofa zu verstecken. Ich würde dem gerne hinzufügen, dass ich ähnliche positive Veränderungen an seiner Einstellung zum Reisen, gegenüber Schlankheitskuren, Fitnessprogrammen, großen und geräuschvollen Partys, Gewittern oder sogar gegenüber dem Staubsauger erlebt hätte, doch das hieße, sich an der Wahrheit zu versündigen. In all diesen genannten Punkten ist er nach wie vor unverbesserlich.

Man könnte sagen, dass ich ihn in diesem Buch ausgiebig durch den Kakao gezogen habe – aber er hat das umgekehrt auch getan. Tatsache bleibt, dass wir beide, wenn wir uns übereinander lustig machten, viel Spaß zusammen haben. Und das gilt hoffentlich auch für jene meiner Leser, die mit ihren Tieren sicher Ähnliches erlebt haben.

Noch mehr aber hoffe ich, dass diejenigen Leser, die noch nie ein Tier hatten, in das nächste Tierheim eilen und eines der Geschöpfe dort adoptieren werden. Sie werden feststellen, dass das Tier ihnen jeden Tag ihres Lebens nicht nur Freude bereiten, sondern auch jene ganz eigene Liebe schenken wird, die, wie ich eingangs sagte, nur jene erfahren, die das Glück hatten, jemals Eigentum einer Katze gewesen zu sein.

Robert Gernhardt
Bernd Eilert
Peter Knorr

Erna, der Baum nadelt!
Ein botanisches Drama am Heiligen Abend
Band 17808

Unglaublich! Es hätte ein ruhiges und besinnliches Weihnachtsfest für Schorsch und Erna Breitlinger werden können. Doch völlig unerwartet werden sie zu Zeugen eines schrecklichen Unglücks: Der Baum beginnt zu nadeln. Schorsch und Erna sind fassungslos, die Kinder spotten und keiner weiß, was zu tun ist. Ein dramatisches Schauspiel nimmt seinen Lauf.

Der Weihnachtsklassiker in erweiterter Neuauflage mit zwei neuen Dialektfassungen: Fränkisch von Klaus Ruppert und Berlinerisch von Claudia Rusch.

Fischer Taschenbuch Verlag

Ralf Schmitz

Schmitz' Katze

Hunde haben Herrchen, Katzen haben Personal

Band 17978

Manche Männer leben mit einer Frau zusammen – Ralf Schmitz mit seiner Katze. Und das seit 23 Jahren! Dieses eheähnliche Verhältnis wirft natürlich Fragen auf: Ist das Zusammenleben mit einer Katze wirklich so anders als mit einer Frau? Wer veralbert hier wen den ganzen Tag? Was macht die Katze würgend im Schrank? Wie eifersüchtig ist die Katze, und was hat sie ausgerechnet jetzt in Ralfs Bett zu suchen?

»Schmitz' Katze« ist witzig, verblüffend und vor allem – autobiographisch!

Fischer Taschenbuch Verlag